Peter Studer   Rätselhaftes Duell in Basel

© 1989 Buchverlag Basler Zeitung
Satz und Druck: Basler Zeitung, 4002 Basel
Printed in Switzerland
Foto Titelbild: Peter Studer
ISBN 3-85815-187-4

Peter Studer

Rätselhaftes Duell in Basel

Kriminalroman

Buchverlag Basler Zeitung

Es ist strahlendes Wetter. Der Abreisskalender des in der Basler Altstadt gelegenen Cafés «Zur schwarzen Kanne» zeigt, dass es heute Freitag, der 13. Juli 1984 ist. Pünktlich um 9.30 Uhr treffen sich hier, wie dies seit ein paar Jahren üblich geworden ist, fünf pensionierte Detektive zu ihrem wöchentlichen Pensioniertenhock.
Die junge, hübsche Serviertochter mit schulterlangem, blondem Haar, namens Pia, kennt ihre fünf treuen Besucher bestens. Sie hat für diese wöchentlichen Stammgäste, die ihr alle altersmässig Grossvater sein könnten, immer denselben Tisch in einer gemütlichen Ecke des gepflegt eingerichteten Cafés ab 9.15 Uhr reserviert.
Aus Erfahrung weiss Fräulein Pia, dass diese fünf Herren praktisch immer dasselbe konsumieren. Der eine bestellt jeweils seinen Pfefferminztee, ein anderer Schwarztee mit Zitrone und Zucker, der nächste eine kalte Ovo. Die restlichen beiden des zufriedenen Quintetts wünschen ihren Café crème. Dazu werden meistens noch ein paar ofenfrische Gipfeli oder manchmal auch Silserli mit sichtlichem Genuss verzehrt.
Die fünf jetzt im Ruhestand lebenden Besucher machen den Eindruck von frohen und zufriedenen Männern, welche es zu schätzen wissen, dass sie ihren Lebensabend geniessen dürfen.
«Guten Morgen, meine lieben Fensterputzer», begrüsste Fräulein Pia ihre Stammgäste und überreichte flink vom Servierbrett den Pfefferminztee, den Tee citron, die Ovo und die zwei Cafés crème ihren – ein wenig ins Herz geschlossenen – «Fensterputzern». Dazu müssen wir noch wissen, dass Fräulein Pia vor etwa einem Jahr diese, ihre regelmässig wiederkehrenden Gäste gefragt hatte, was sie eigentlich für ein Club oder eine Gruppe wären. – Der eine von ihnen hatte spontan für alle geantwortet: «Wir sind pensionierte Fensterputzer.» Und so waren die fünf Stammgäste für Fräulein Pia zu ihrem Namen gekommen.
Doch nun wollen wir die fünf Herren einmal etwas näher betrachten. Beginnen wir mit dem Steckbrief des Ältesten von ihnen. Sein Name ist Hans Regenass. Er zählt 78 Jahre, ist seit 18 Jahren pensioniert. Er hat vier erwachsene Kinder und sieben Grosskinder. Seine Frau Lina ist 75 Jahre alt und, wie Hans, immer noch bei recht guter Gesundheit. Hans und Lina Regenass haben vor einem Jahr ihre Goldene Hochzeit ge-

feiert, und zwar in einem sehr gediegenen Rahmen, wie sich dies gehört, wenn alles im Leben stimmt, wie man so schön sagt. – Hans Regenass ist von mittlerer Statur, ein athletischer Pykniker. Von seinen Enkeln mit Gymnasial-Schulbildung wird er – nach seinem Äussern – als typischer Vertreter der dinarischen Alpenrasse klassifiziert. Hans Regenass hat eine grosse Glatze und an den Schläfen nur noch wenige weisse Haare. Man könnte auch sonst seinen Kopf mit dem majestätischen Haupt einer gotischen Statue des Hl. Petrus vergleichen. Hans Regenass ist immer sehr gediegen angezogen und von Kopf bis Fuss eine sehr gepflegte Erscheinung. Dies ist nicht zuletzt das Verdienst seiner lieben Ehefrau Lina, welche grossen Wert auf das Erscheinungsbild ihres Gatten legt.
Der nächstjüngere in der Runde ist Paul Glaser. Er zählt 73 Jahre, ist Witwer und seit 13 Jahren pensioniert. Er hat eine verheiratete Tochter und zwei Grosskinder. Er ist sehr schlank, hat auffallend frohe Gesichtszüge und noch ziemlich dichte, fast schwarze Haare.
Der nächstjüngere heisst Fritz Bürgi. Er ist 70jährig und Junggeselle, seit fünf Jahren pensioniert. Mit etwas Phantasie könnte man in seinen klassischen Gesichtszügen eine gewisse Ähnlichkeit mit Abbildungen von denjenigen von Julius Cäsar entdecken.
Die restlichen beiden pensionierten Detektive sind Peter Bächle und Johann Hölzel. Sie sind beide 63jährig und leben seit drei Jahren im Ruhestand. Beide sind verheiratet. Ihr Äusseres zeigt keine besonders auffälligen Züge oder erwähnenswerte Besonderheiten. Die fünf Männer sind sehr gute Kameraden, die sich gegenseitig achten und schätzen gelernt haben, so wie die Mitglieder einer glücklichen Familie, wo jedes nur um die Stärken des andern wissen will und dessen Schwächen grosszügig übersieht. So ist es nur selbstverständlich, dass jeder bereit ist, dem andern spontan zu helfen, wenn es die Stunde erfordert.
Wir wollen uns im Moment nicht weiter mit der Vergangenheit oder der Lebensgeschichte dieser fünf ehemaligen Detektive beschäftigen, sondern wir wollen uns jetzt ganz dem heutigen Treffen zuwenden!
Paul Glaser ist seit einem Monat das erstemal bei diesem wöchentlichen Zusammentreffen wieder mit dabei. Er war wäh-

rend dreier Wochen auf der für Feriengäste jüngst neu entdeckten, traumhaft schönen Insel Mauritius im Indischen Ozean in den Ferien gewesen. Es war ein Erlebnis für die vier andern zuhören zu dürfen, wie ihr Kamerad erzählte, welch herrliche und eindrucksvolle Ferientage er eben erleben durfte. Dabei zeigte Paul Glaser ganz stolz ein paar Fotos und versuchte, seine Freunde zu animieren, doch auch einmal nach Mauritius in die Ferien zu reisen. Es würde sich bestimmt lohnen, diese herrliche Insel kennenzulernen. Als er ihnen eine bestimmte Foto vor Augen hielt, tat er sehr wichtig und geheimnisvoll: «Schaut mal diesen flotten jungen Mann hier an, mit welchem ich hier an diesem idyllischen Palmenstrand abgebildet bin. Stellt euch vor, der arme Kerl lebt nicht mehr! Er ist beim Baden im Meere ertrunken. Noch am selben Tage, als jemand mit meiner Kamera diese Foto von uns beiden machte. – Es muss noch gesagt werden, dass sich dieser Herr, namens Bruno Kaltenbach, wirklich auf diese Reise gefreut hat. Bei einem Wettbewerb hatte er diese Ferienreise ganz überraschend gewonnen. Von Beruf war Bruno Kaltenbach Nationalökonom und arbeitete in einem Unternehmensberatungsbüro. Er freute sich, endlich einmal unbeschwerte Ferientage geniessen zu dürfen, ohne sich wie im Berufsleben laufend profilieren zu müssen, um seine Karrierechancen permanent zu verbessern. Da er bewusst fast alle Mitreisenden mied, um keinen Verdacht bezüglich seiner Identität als Mitarbeiter des bekannten Beratungsbüros «Franz Streitwolf» aufkommen zu lassen, schloss er sich vor allem mir biederem, altem Ferienreisenden an. Ich erzählte ihm, dass ich ein pensionierter Beamter, ja ein ehemaliger Polizist sei. Den Detektiv strich ich nicht heraus. Ihr kennt mich ja!

Nun stellt euch vor, was mir widerfuhr, als ich – nach Hause zurückgekehrt – versuchte, mit Prof. Dr. med. Kaltenbach, dem weitherum bekannten Bruder des auf Mauritius ertrunkenen Bruno Kaltenbach, Kontakt aufzunehmen, um ihm eine Kopie der eben gezeigten Foto zukommen zu lassen. Auf meinen Telefonanruf hin wurde ich umgehend zu einem Besuche eingeladen. Man empfing mich sehr nett und wollte möglichst viel über die näheren Umstände des so unverhofften Todes von Bruno Kaltenbach wissen. Vieles konnte ich allerdings dazu nicht beitragen. – Ich erfuhr auch bald, weshalb die Kal-

tenbachs auf diese Informationen so erpicht waren. – Irgend ein Journalist hatte irrtümlich den Tod des berühmten Medizinprofessors Kaltenbach gemeldet. Und der wirkliche Professor Kaltenbach hatte plötzlich daran denken müssen, was passiert wäre, wenn er an Stelle seines jüngeren Bruders nach der Insel Mauritius gefahren und dort im Meere ertrunken wäre. Je mehr er darüber nachdachte und je eingehender er sich auch mit seiner Gattin darüber unterhielt, desto unheimlicher wurde ihm die ganze Geschichte. Auch die Reaktion seiner beruflichen Umwelt auf seine irrtümliche Todesmeldung hin war ihm nicht verborgen geblieben. Als Folge überlegte er es sich ganz genau und malte es sich bis ins Detail aus, was wohl passiert wäre, wenn er jetzt gestorben wäre. Wer wäre dann beruflich sein Nachfolger geworden? Er konnte sich diese Frage auf einmal mühelos beantworten. Sein bisheriger Stellvertreter, ein auf den ersten Blick ganz unscheinbar wirkender Oberarzt namens Arnold Gubser, hätte bestimmt seine Nachfolge angetreten. Dieser Arnold Gubser war Junggeselle, enorm fleissig und ganz unbestritten ein brillanter junger Wissenschafter. Auf einmal kam dieser bisher unbescholtene und so treue Mitarbeiter Herrn Prof. Kaltenbach nicht mehr so harmlos vor!»
Gegen Ende ihrer Unterredung habe ihn Prof. Kaltenbach sehr freundlich gebeten: «‹Sie, Herr Glaser, sind ja ein ehemaliger Polizist! Sie sollten dieser Sache nachgehen und herausfinden, ob mein unglücklicher Bruder nicht Opfer eines Verbrechens geworden ist, das eigentlich mir gegolten hätte. Hätte eventuell ich an seiner Stelle diese Ferienreise gewinnen sollen? Sie verstehen mich sicher, nicht wahr Herr Glaser? Ich helfe Ihnen gerne finanziell, wenn Sie bereit sind, einige erste Nachforschungen in dieser Hinsicht anzustellen. Sobald Sie irgend einen konkreten Anhaltspunkt finden oder gar auf die Spur eines Verbrechens stossen sollten, so werde ich natürlich sofort die Polizei informieren und ihr den Fall zur weiteren Abklärung übergeben! Aber in dieser ersten Phase, ohne irgend einen konkreten Anhaltspunkt, kann ich die Polizei natürlich nicht einschalten. Sie verstehen mich doch, Herr Glaser! Was ich noch beifügen wollte, ausser dem eben erwähnten Arnold Gubser könnte ich mir niemanden als meinen potentiellen Nachfolger vorstellen. Auch wüsste ich nicht, wer sonst an meinem Ableben interessiert sein könnte. Übrigens hier

habe ich eine Foto unserer Arbeitsgruppe; der da ganz rechts im Hintergrund ist Dr. Arnold Gubser. Ich überlasse Ihnen diese Foto, Herr Glaser. Lassen Sie sich meinen Vorschlag einmal in Ruhe durch den Kopf gehen und geben Sie mir dann Bescheid, ob Sie diese Aufgabe übernehmen wollen.› - Ich habe mich dann bereit erklärt, mir die ganze Sache gut zu überlegen», schloss Paul Glaser seine fast unglaubliche Feriengeschichte. - «Was meint ihr nun, Freunde? Was haltet Ihr von dieser Sache?» forderte Paul Glaser seine Kollegen zur spontanen Äusserung ihrer persönlichen Ansichten zu dieser Angelegenheit auf.

«Du, Paul», liess sich Peter Bächle als erster vernehmen, «wenn ich Dir meine Meinung sage und Dir, wie Du es wünschest, einen Rat erteilen sollte, dann sage ich nur, Hände weg von dieser dubiosen Angelegenheit! Das geht Dich, lieber Paul, wirklich nichts, aber auch gar nichts an. Übrigens bist Du jetzt pensioniert und stehst nicht mehr im Polizeidienst. Wenn etwas Kriminelles an diesem Falle dran ist, so soll der feine Herr Professor persönlich zur Polizei gehen und dort seinen Verdacht äussern. Dann wird bestimmt alles den richtigen Verlauf nehmen.»

Paul Glaser schien von dieser Antwort nicht gerade begeistert zu sein. Aber er dankte Peter Bächle für die klar geäusserte Meinung. - Auch die restlichen drei ehemaligen Arbeitskollegen schlossen sich der von Peter Bächle vertretenen Ansicht interessanterweise einmütig an.

Paul Glaser wusste jetzt also ganz genau, was zumindest seine Freunde bezüglich dieses Falles dachten. - Ein wenig zerstreut dankte er ihnen allen für die freien Worte, behielt sich aber vor, das zu tun, was er persönlich für das Richtige erachten würde. Er wolle sich mindestens alles nochmals reiflich überlegen. - In ihrem Kreise würde er vorläufig sicher nie mehr auf dieses Thema zu sprechen kommen. Wie recht er haben sollte, wusste er damals selber noch nicht! - Zur Auflockerung des weiteren Gesprächs und vor allem um die allgemeine Aufmerksamkeit von dieser Angelegenheit «Tod auf Mauritius» abzulenken, fragte er seine Freunde ganz unvermittelt: «Kennt einer von Euch den Unterschied zwischen einem Psychopathen, einem Schizophrenen und einem Psychiater?» Natürlich wusste das keiner der hier Anwesenden. Und somit

konnte Paul Glaser mit freudiger Überlegenheit – quasi als Ausgleich für seine eben kassierte Enttäuschung – antworten: «Also, das ist ganz einfach: Der Psychopath baut ein Luftschloss, der Schizophrene wohnt darin und der Psychiater fordert den Mietzins!» – Alle mussten von Herzen lachen. So einfach war das Leben aus der Sicht der über Sechzigjährigen!
In dieser frohen und entspannten Stimmung wird der Freitagshock der fünf Pensionierten vom 13. Juli 1984, übrigens vom Heinrichstage, dem Erinnerungstage an den berühmten Gönner des Basler Münsters, aufgehoben. In einer Woche wollen sich die Teilnehmer hier wie gewohnt wieder treffen. Keiner der fünf zufriedenen Heimkehrer ahnte, dass bald einer aus ihren Reihen fehlen würde.
Wie ein Lauffeuer verbreitet sich am folgenden Freitag die schreckliche Nachricht, dass Paul Glaser am Vorabend tödlich verunglückt sei.
Er war in einem Tunnel aus einem fahrenden Zuge gestürzt. Wahrscheinlich in dem Augenblicke, als er die Toilette aufsuchen wollte und offensichtlich die falsche Türe öffnete. Ein Unfall, wie er leider alle paar Jahre immer wieder vorkommt. Trotz aller Vorsichtshinweise und Warntafeln der zuständigen Sicherheitsverantwortlichen!
Für die vier übrigen ehemaligen Arbeitskameraden war diese Nachricht ein Schock sondergleichen! So etwas hätten sie nie erwartet. Paul Glaser war in ihren Augen und ihrer Meinung nach doch ein so umsichtiger und vorsichtiger Mann gewesen. Wenn jemand wirklich in Anspruch nahm, Paul Glaser gekannt zu haben, dann waren es doch sie, seine ehemaligen Arbeitskameraden und langjährigen Freunde.
Peter Bächle war es, der beim Freitagstreffen vom 20. Juli 1984 sofort den Verdacht aussprach, ob eventuell ein Verbrechen vorliege und ihr Freund, Paul Glaser, aus dem fahrenden Zuge hinausgestossen worden sei? Wenn er an den Fall Kaltenbach, so wie ihn Paul Glaser ihnen beim Treffen vor einer Woche geschildert habe, zurückdenke, so könne er nur ein Verbrechen vermuten.
Johann Hölzel zeigte sich ebenfalls von dieser Ansicht Peter Bächles überzeugt. Auch er glaubte immer mehr und mehr an ein Verbrechen, wenn er sich alles durch den Kopf gehen liess. Doch so sehr auch Peter Bächle und Johann Hölzel diese ihre

Meinung ihren Kameraden gegenüber vertraten, es gelang ihnen nicht, diese zu überzeugen, dass Paul Glaser einem Verbrechen zum Opfer gefallen sei. Hans Regenass und Fritz Bürgi blieben mehr als skeptisch. An ein Verbrechen wollten sie einfach nicht glauben. Allerdings deckte sich die Unfallsthese auch nicht widerspruchslos mit ihren in langjährigen Erfahrungen gewonnenen Vorstellungen über den verstorbenen Kameraden. Auf jeden Fall wurde es bald allen vier Freunden klar, dass sie bezüglich ihrer Meinung Unfall oder Mord fortan in zwei Lager gespalten waren! Peter Bächle und Johann Hölzel versicherten Hans Regenass und Fritz Bürgi, dass sie den Todesfall ihres Kameraden Paul Glaser näher untersuchen wollten. Sie würden, sobald sie etwas Konkretes bezüglich ihres Verdachtes herausgefunden hätten, ihnen dies dann mitteilen.

Die Beerdigung von Paul Glaser lag nun schon drei Wochen zurück. Der Alltag mit seinen gewohnten Erfordernissen hatte mitgeholfen, dass auch die vier pensionierten Kameraden bei ihrem wöchentlichen Hock wieder andere Aktualitäten diskutierten.

Peter Bächle und Johann Hölzel behielten die Resultate ihrer Nachforschungen im Falle Paul Glaser strikte für sich. – Sie wollten ihren beiden mitpensionierten Freunden damit keine unnötigen Belastungen aufbürden.

Es war ein unglaublicher Schicksalsschlag, der wie ein Blitz aus heiterem Himmel Hans Regenass und Fritz Bürgi überraschte, als sie vernehmen mussten, dass ihre beiden Kameraden, Peter Bächle und Johann Hölzel, sich gegenseitig in einem Pistolenduell erschossen hätten.

Hans Regenass und Fritz Bürgi hatten diese Todesnachricht im folgenden Zeitungsbericht gelesen: «Basel: In den Langen Erlen, unweit eines Rastplatzes, sahen zwei spielende Knaben, wie sich zwei Männer auf dem für Reiter freigehaltenen Wiesenstreifen in einer Waldschneise zuerst Rücken an Rükken stellten, sich dann gegenseitig entfernten, indem sie laut bis auf drei ihre Schritte zählten. Dann machte jeder rechtsumkehrt, zielte mit einer Pistole auf den andern und rief eins zwei, Feuer! Beide stürzten fast gleichzeitig zu Boden und müssen, wie der Gerichtsarzt festgestellt hat, sofort tot gewesen sein. Die beiden spielenden Knaben rannten um ihr Leben

bangend davon zum nahe gelegenen Restaurant. Dort verständigten sie den Wirt, der dann seinerseits die Polizei alarmierte.
– Bei den beiden Opfern handelt es sich um die pensionierten Detektive Peter Bächle und Johann Hölzel. Personen, die sachdienliche Mitteilungen über die beiden Toten machen können, sind gebeten, diese dem nächsten Polizeiposten bekanntzugeben.»
Hans Regenass und Fritz Bürgi hatten diesen Zeitungsartikel zwei-, drei-, ja mit kaltem Schaudern viermal gelesen, dann wussten sie wirklich den ganzen Wortlaut auswendig. Für sie beide war das ganz unglaublich, ein schreckliches Geschehnis, das sie bis ins Innerste traf. – Wenn sie noch alle vier pensionierten Kameraden zusammen an die Beerdigung von Paul Glaser gegangen waren, so entschieden jetzt Hans Regenass und Fritz Bürgi, dass sie auf keinen Fall an der Beerdigung dieser beiden so lieben Kameraden teilnehmen wollten! Sie waren jetzt beide überzeugt, dass Paul Glaser auf der Insel Mauritius die Spur eines unheimlichen Verbrechens entdeckt haben musste. Hans Regenass und Fritz Bürgi dachten mit Wehmut an diesen 13. Juli 1984 zurück, wo ihnen Paul Glaser sein Ferienerlebnis erzählte und vergeblich versucht hatte, ihnen, seinen Freunden, den grauenhaften Verdacht bezüglich des Todes von Prof. Kaltenbachs Bruder irgendwie verständlich zu machen.
Hans Regenass mit seinen 78 Jahren und der siebzigjährige Fritz Bürgi wussten instinktiv, dass sie jetzt höllisch aufpassen mussten, wenn sie noch länger auf dieser Erde leben wollten! Und dies wollten sie wahrhaftig! Auch wenn die beiden schon lange nicht mehr im Berufsleben standen, so flammte bei beiden die alte Berufsbegeisterung von neuem auf. Eine unglaubliche Wut drohte beide zu unvernünftigen Reaktionen und zu einem fahrlässigen Start in ein eventuell tödlich endendes Abenteuer zu verleiten. Aber die Weisheit des Alters, gepaart mit einer ungeheuern Disziplin, welche ein Leben lang sich selbst gegenüber gefordert worden war, ermöglichte es den beiden pensionierten Detektiven überlegt und folgerichtig zu handeln. Fritz Bürgi hatte als Junggeselle keine persönlichen Rücksichten mehr zu nehmen. Er wollte einerseits nur noch seine drei Freunde rächen, andererseits aber seinen letzten noch lebenden Freund, Hans Regenass, bestmöglich schützen.

Er sagte deshalb zu Hans Regenass: «Hans, Du bist der ältere von uns beiden und Du warst auch immer der etwas Besonnenere. Du musst jetzt für uns beide die Führung übernehmen bei unsern ersten Abklärungen dieser vermutlichen Verbrechen an unsern lieben Freunden. Ich persönlich werde Dir mit Rat und Tat beistehen, werde aber nie, solange Du am Leben bist oder mindestens in Freiheit weilst, etwas tun, was mit Dir nicht vorbesprochen ist. Es ist unglaublich wichtig, dass wir jetzt die Polizei bezüglich unseres Verdachts über das Vorliegen eines Verbrechens informieren. Wir beide wollen dann hinter den Kulissen aber auch unsern Teil zur Abklärung dieser Fälle leisten. Unsere verstorbenen Freunde verdienen diese Aktion von uns beiden!» – Hans Regenass war innerlich gerührt von dieser Aussage seines letzten noch lebenden Freitagsmorgenhock-Kameraden, aber er liess sich nicht das geringste darüber anmerken. «Das gefällt mir, Fritz! Glaube mir, wir beide werden bestimmt auch unsern Teil dazu beitragen, dass der Anstifter und Ausführende dieser Verbrechen zur Strecke gebracht wird. Wir sind es unsern Freunden schuldig, dass ihr gemeiner Mörder gefunden wird!» – Fritz Bürgi freute sich seinerseits über dieses stolze Statement seines letzten Fensterputzer-Kameraden.

Kaum eine Woche später trafen sich Hans Regenass und Fritz Bürgi zu einer Wanderung in die nähere Umgebung von Basel. Das Ziel ihres Ausflugs war der Gempenstollen mit der Gempenfluh. Mit dem Tram Nr. 10 fuhren sie bis Dornach und wanderten dann via Bruggweg–Schlossweg zur Ruine Dorneck und von dort zum Baumgartenhof und schliesslich zur Gempenfluh. Unterwegs begegneten sie nur ganz wenigen Leuten, denn es war ein normaler Wochentag, und keine Wochenendausflügler genossen ihre Freizeit in Gottes herrlicher Natur.

Der Ausflug war ein gut getarntes Zusammentreffen und diente in erster Linie zum Austausch des gegenwärtigen Wissensstandes bezüglich des dreifachen Mordes an ihren Freunden. Ein solches Treffen bot ferner eine ideale Gelegenheit für die beiden Beteiligten festzustellen, ob sie von jemandem beschattet wurden.

Fritz Bürgi und Hans Regenass hatten, jeder unkoordiniert, erste Nachforschungen angestellt.

Zuerst sprachen sie über alles, was mit dem Tode von Paul Glaser zusammenhing. Sensationellerweise war beiden – ganz unabhängig von einander – ein Detail bekannt geworden, welches irgendwie mit dem Tode von Paul Glaser im Zusammenhang stand.
Ein Schienenwärter, also ein Mann, der berufsmässig jeweils eine bestimmte Länge Geleise abschreiten und visuell kontrollieren musste, hatte im Tunnel, unweit der Stelle, wo die Leiche von Paul Glaser entdeckt worden war, einen Herrenschirm der Marke «Knirps» gefunden. An und für sich nichts Sensationelles! Das Sensationelle an dieser Angelegenheit aber war, dass dieser Schirm eigentlich gar kein Knirps war, sondern nur eine Schirmattrappe darstellte, welche in ihrem Futteral mit einem schweren Bleizylinder versehen war. War dies eine Art Totschläger? Fritz Bürgi hatte die Auskunft bezüglich dieser mysteriösen Schirmattrappe von einer Serviertochter aus einem Restaurant in der Nähe des Dreispitzes erhalten. Die sterblichen Überreste von Paul Glaser waren ja ganz in der Nähe dieses Restaurants im kurzen Tunnel der SBB-Juralinie südlich des Wolfgottesacker gefunden worden!
Hans Regenass seinerseits hatte Kenntnis vom Funde dieser ominösen Schirmattrappe durch Kommissar Max Affolter erhalten, als er diesem, wie mit Fritz Bürgi abgemacht, den ganzen Fall Kaltenbach, so wie wir ihn schon seit jenem Freitag, dem 13. Juli 1984, her kennen, geschildert hatte, damit die Polizei möglichst über alle Zusammenhänge und Verdachtsgründe informiert war.
Das Erstaunliche war nun, dass sowohl Fritz Bürgi, wie auch Hans Regenass – jeder für sich – in den letzten Tagen eine plausible Erklärung für die Existenz einer solchen Schirmattrappe im Zusammenhang mit einem Verbrechen an Paul Glaser gefunden hatten.
Beide glaubten, dass diese Schirmattrappe dazu benützt worden war, um die Eisenbahnwagentürverriegelung heimlich zu öffnen, ohne dass die entriegelte Türe von selbst aufging. Erst bei einem Stoss gegen die Türe öffnete sich diese fast wie von selbst, weil die Türverriegelung ja aufgehoben war. In der folgenden Skizze ist dieses Detail festgehalten.
Hans Regenass hatte zudem von Polizeikommissar Max Affolter noch erfahren dürfen, dass Peter Bächle und Johann

Hölzel auch um die Schirmattrappe wussten und ihnen auch bekannt war, dass der tote Paul Glaser in seiner zur Faust geschlossenen rechten Hand einen Knopf mit einem Stück eines abgerissenen Fadens festgehalten hatte. So hatte man seinen Leichnam gefunden.

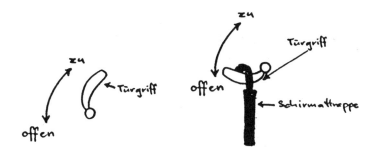

Mit diesem Knopf und auch mit der Schirmattrappe war doch ganz sicher ein Hinweis auf ein Verbrechen, ja auf den Mörder von Paul Glaser gegeben. Es musste offensichtlich ein kurzer Kampf zwischen Täter und Opfer stattgefunden haben. Im Verlaufe dieses Kampfes musste Paul Glaser seinem Mörder einen Knopf von der Jacke gerissen haben. Ja, eventuell hatte Paul Glaser auch noch dafür gesorgt, dass die Schirmattrappe mit ihm aus dem Zuge fiel.

Peter Bächle und Johann Hölzel hatten diesen Knopf selbst noch näher untersucht und hatten sogar dem Polizeilabor einen wertvollen Hinweis bezüglich des Knopfes geben können. Das Polizeilabor konnte ihre Hypothese voll bestätigen. Bei diesem Knopf handelte es sich um einen Messingknopf mit einem Schweizerkreuz, so wie es die SBB-Zugführer Anfang dieses Jahrhunderts trugen. Der Mörder musste also die Uniform eines SBB-Beamten getragen haben. Das hiess natürlich noch lange nicht, dass er wirklich ein SBB-Angestellter war. Es liess aber die Vermutung zu, dass ein allfälliger Mörder von Paul Glaser sich als SBB-Angestellter ausgab und den ahnungslosen Paul Glaser unter einem Vorwand zur so perfid vorpräparierten Wagentüre locken konnte. Im raffiniert vorausgeplanten Moment, eben diesem kurzen Tunnelstück der SBB-Juralinie, gerade südlich des Wolfgottesackers, musste er dann seine ruchlose Tat ausgeführt haben! In einer Minute war der Zug von dort ja im Basler Hauptbahnhof SBB eingefahren und der Mörder konnte praktisch unerkannt das Weite suchen. Man konnte sich vorstellen, dass der Mörder, und um einen Mann musste es sich mit allergrösster Wahrscheinlichkeit handeln, einen Regenmantel oder eine Pellerine über seine SBB-Uniform übergezogen hatte, als er das Bahnhofareal verliess.

Die Mordzeit musste kurz vor 22 Uhr gewesen sein, denn die Ankunft dieses Regionalzuges war fahrplanmässig um 21.54 Uhr erfolgt. Kaum ein Fahrgast achtet zu so später Stunde auf das Tun seiner Mitreisenden nach erfolgter Zugsankunft.

Wenn man von der durchaus vernünftigen Annahme ausging, dass der Mörder das Basler Bahnhofareal möglichst rasch und ungesehen verlassen wollte, so blieb als wahrscheinlichste Möglichkeit diejenige, dass der Mörder den Bahnsteig über die Passerelle ins Gundeldinger Quartier benützt haben musste. Auch bot dieser Fluchtweg bei weitem die grösste Sicherheit, kaum von jemandem gesehen zu werden. Was aber hatte der Mörder dann getan? Hatte er ein vorher bereitgestelltes Auto, Fahrrad oder etwa das Tram benützt? – War er zu Fuss in einer nahe gelegenen Wohnung untergetaucht? – Wie, wo, wann und warum hatte er sich seiner SBB-Uniform entledigt? – Warum trug er eine Uniform mit alten Knöpfen? Wie war der mutmassliche Mörder wohl zu dieser Uniform gekommen? Diese und noch viele andere Fragen beschäftigten sowohl die Polizei wie auch Hans Regenass und Fritz Bürgi.

Kommissar Max Affolter, ein ganz gewiegter Kriminalist, wie wir noch sehen werden, war mit seinen beiden erfahrensten Detektiven, Emil Klötzli und Paul Märki, von Polizeidirektor Harzenmoser offiziell zur Abklärung eines möglichen Verbrechens an Paul Glaser eingesetzt worden. Der von allen Seiten als absolut souverän anerkannte Polizeidirektor Harzenmoser war vorgängig von Kommissar Max Affolter auf die Möglichkeit eines Verbrechens aufmerksam gemacht worden, noch bevor Max Affolter von Hans Regenass die ganze Vorgeschichte erfahren hatte. Rückblickend musste sich Kommissar Affolter eingestehen, dass die Ansicht, dass Paul Glaser wegen seiner Nachforschungen im Falle Kaltenbach umgebracht wurde, durchaus realistisch erschien. Auch das tödlich ausgegangene

Duell der pensionierten Detektive Peter Bächle und Johann Hölzel konnte im Zusammenhang mit diesem Verbrechen stehen.

Hans Regenass und Fritz Bürgi ihrerseits waren erleichtert, zu wissen, dass die Polizei jetzt ganz offiziell diese Mordfälle untersuchte. Sie beide wollten quasi nur so hinter den Kulissen kleinere Abklärungen, vor allem aber Denkarbeit leisten zur Lösung dieser Fälle. So hatten sie sich Gedanken gemacht, ob Paul Glasers Mörder auch eine SBB-Zugführer- oder -Kondukteur-Mütze getragen hatte. Wenn dies der Fall gewesen war, dann stellte sich die Frage, ob diese Mütze eventuell auch aus dem Zuge gefallen war? Sie stellten es sich als erste Aufgabe, abzuklären, ob vielleicht eine solche Mütze in der Nähe des Tatortes gefunden worden sei. Durch Zufall erfuhr Fritz Bürgi, dass von Kindern, welche beim Bahnhofkühlhaus spielten, so eine Mütze gefunden worden war.

Für fünf Franken hatten diese die Mütze an einen ihnen bekannten jüngeren Hutsammler verkauft. Dieser Hutsammler war ein Paläontologie-Student, welcher von einem verstorbenen Onkel eine originelle Hutsammlung geerbt hatte.

Fritz Bürgi und Hans Regenass beschlossen, dem jungen Hutsammler einen Besuch abzustatten. Schon einen Tag später sprachen sie bei dem jungen Hutsammler, sein Name war Markus Schmid, vor. Markus Schmid wohnte bei seinen Eltern, welche ein gediegenes Einfamilienhaus auf dem Bruderholz besassen. Die beiden pensionierten Detektive wurden von Frau Schmid, der Mutter des Paläontologie-Studenten, in das Haus eingelassen. Frau Schmid freute sich innerlich, dass zwei solche ältere Herren mit ihrem Sohne zwecks eines Fundes von fossilen Seeigeln Kontakt aufnehmen wollten.

Markus Schmid staunte nicht wenig, als er von den unangemeldeten Besuchern mit drei Seeigeln aus der Jurazeit konfrontiert wurde. Die beiden Besucher zeigten ihm drei unwahrscheinlich perfekte, versteinerte Exemplare von drei schon in der Jurazeit ausgestorbenen Seeigelarten. Markus Schmid erkannte sofort, dass es sich um einen Hemicidaris crenularis (LAMARCK) aus den Liesbergerschichten, einen Stomechinus perlatus (DESMAREST) aus dem Rauracien und um einen Acrocidaris nobilis (AGASSIZ) aus den Caquerelleschichten handelte. Sein Herz schlug noch höher, als er mit sei-

ner Lupe und etwa zehnfacher Vergrösserung erkannte, dass bei allen drei Seeigelarten am Scheitel die Madreporenplatte zu erkennen war.
Die beiden Besucher erzählten dem angehenden Paläontologen, dass sie diese drei Seeigel in der Nähe von Delémont gefunden hätten. Dass sie allerdings keine Ahnung hätten, um welche Arten es sich handeln könnte. Sie wären gerne bereit, ihm die drei Exemplare für zusammengerechnet 50 Franken zum Kaufe anzubieten. Als Pensionierter sei man oft froh, noch irgendwo einen Reservebatzen auf der Seite zu haben. Dazu müssen unsere Leser wissen, dass unser so harmlos wirkendes Duo diese drei Wunderexemplare von fossilen Seeigeln in einem Spezialgeschäft für solche Raritäten für einige hundert Franken erstanden hatte.
Markus Schmid erschien dieses Angebot fast märchenhaft. So perfekte Seeigel aus der Jurazeit hatte er noch nie zu Gesicht bekommen. Jeder einzelne davon musste ein x-faches des geforderten Verkaufspreises wert sein. Es war kaum zu glauben, dass einem angehenden Paläontologen so ein Glücksfall widerfuhr. Selbstverständlich nähme er die drei Exemplare noch so gerne. Allerdings erachte er den dafür geforderten Preis als extrem niedrig, das müsse er ihnen schon sagen! Doch Fritz Bürgi und Hans Regenass taten so, als ob sie mit den 50 Franken mehr als zufrieden wären. Markus Schmid gab ihnen das Geld und erhielt so die drei so begehrenswerten Seeigel.
Markus Schmid wollte seinen Besuchern jetzt auch noch eine kleine Freude bereiten und offerierte ihnen ein Glas Wein. Bei diesem Zusammensein machte Fritz Bürgi auf ein paar Hüte, die an der Wand hingen, aufmerksam. Das seien alles Strohhüte von Wohlen, quasi Modell Maurice Chevalier, meinte Markus Schmid. – Hans Regenass zeigte sich nun an den Hüten ebenfalls interessiert. Der völlig ahnungslose Markus Schmid erklärte in der Euphorie über den eben getätigten glänzenden Kauf seinen Besuchern, dass er eine Hutsammlung von einem Onkel geerbt habe und diese weiterführe. Eine Hutsammlung, staunten die beiden Besucher, was es doch nicht alles gäbe! Sie wüssten von einem Kollegen, der eine Kotsammlung verschiedener Tiere angelegt habe. Dieser habe ihnen einmal auf diese Art und Weise gezeigt, dass Hausmar-

der auch Kirschen schmausen würden. Markus Schmid erklärte seinen, wie er meinte, recht harmlosen Besuchern, das Prinzip seiner Hutsammlung. Er führe genau Buch über jeden Hut, den er irgendwie erhalten habe. Gerade letzthin sei ihm von Kindern ein Hut eines SBB-Angestellten, also eine Dienstmütze, für fünf Franken verkauft worden. Dieser Hut sei von einer ganz ungewöhnlichen Kopfgrösse, nämlich Nr. 63 gewesen. Allerdings habe er diesen Hut jetzt nicht mehr. Ein Herr Werner Meier hätte ihm ein Angebot von 200 Franken für einen Hut mit Grösse Nr. 63 gemacht. Als Student habe er natürlich diesen Hut sofort Herrn Werner Meier geschickt und dafür die 200 Franken kassiert. Ein glänzendes Geschäft bei einem Einstandspreis von fünf Franken. Schelmisch meinte er, dies sei etwa so ein Geschäft gewesen, wie er es eben mit ihnen abgeschlossen habe.

Hans Regenass benützte die Gelegenheit, diese SBB-Dienstmütze nochmals zur Sprache zu bringen: «Herr Schmid, ist Nr. 63 eine ungewöhnliche Hutnummer?» – «Ganz und gar, Herr Regenass. Ich besitze keinen Hut dieser Grösse mehr in meiner Sammlung mit über 150 Hüten. Auch habe ich keinen mit der Hutgrösse 62. – Einen Moment, bitte! Ich hole etwas für Sie.» – Daraufhin verschwand Markus Schmid aus dem Zimmer und schon bald kam er mit einem Notizbüchlein wieder zurück. «Seht hier diese Eintragung: SBB-Dienstmütze. Erstanden am 25. Juli 1984 von Stefanie Jäger, achtjährig, für fünf Franken. Stefanie hat diesen Hut neben den Bahngeleisen in der Nähe des Bahnhofkühlhauses gefunden.» – «Ort würde stimmen!» dachten die beiden einstigen Detektive, ein jeder für sich. Markus Schmid fuhr weiter: «Ein SBB-Angestellter, dem sie dort ihren Fund zeigte, soll ihr gesagt haben, dieser Hut, Modell und Grösse gehöre sicher keinem aktiven SBB-Beamten und könne folglich auch von keinem SBB-Angestellten verloren worden sein. Sie solle diesen Hut doch behalten oder jemandem, der Freude daran habe, schenken.»

Des weitern konnte man den Aufzeichnungen von Markus Schmid entnehmen, dass dieser Hut im Atelier von Amadeus Knüsel im Jahre 1929 angefertigt worden war. – Er besitze mehrere Uniformenhüte aus dem Atelier Knüsel, welches zwar heute nicht mehr existiere, aber am Anfang dieses Jahrhunderts ein bekanntes Atelier für Uniformenhüte gewesen sei.

Wo dann dieser Herr Werner Meier wohne, welcher diesen Hut für 200 Franken erstanden habe, wollte Fritz Bürgi wissen. – Das wisse er auch nicht, meinte Markus Schmid. Er habe den Hut – wie angeordnet – postlagernd an Herrn Meier an das Postamt beim Bahnhof adressiert, sobald er die 200 Franken mit Postanweisung erhalten habe. Hier sei diese Postanweisung sogar noch, meinte er und zeigte ihnen die Postanweisung, eingeklebt im Notizbüchlein Nr. 9 seiner Hutsammlung, aus dem er eben vorgelesen hatte. Ja, ein richtiger Sammler müsse eben alles minutiös dokumentieren. Dies sei vor allem in Hinsicht auf seinen späteren Beruf als Paläontologe wichtig. – Die beiden Besucher dachten, dass es noch für viele andere Berufe ebenso wichtig sein könnte unter anderem auch für den des Detektivs.

Hans Regenass gab seinem Kollegen ein verstohlenes Zeichen zum Aufbruch. Mit ein paar netten Worten an den jungen Hutsammler und der Beteuerung, dass sie ihm sehr dankbar seien, dass er ihnen für die drei versteinerten Seeigel ganze 50 Franken bezahlt habe, verabschiedeten sich die beiden alten Schlaumeier.

Das erste Stück ihres Heimweges konnten und wollten sie noch gemeinsam zurücklegen. Sie gaben sich dabei über das Erreichte kurz Rechenschaft. Jetzt hatten sie wirklich Entscheidendes erfahren! Dies war der Preis für die Seeigel aus dem bekannten Lädeli am Spalenberg sicher wert. Der Mörder musste wie sie ebenfalls versucht haben, in den Besitz der abhandengekommenen Kopfbedeckung zu gelangen. – Werner Meier war wahrscheinlich nur ein fiktiv gewählter Name und kaum der wahre Name des Mörders. Allerdings musste sich der Empfänger des Hutpaketes am Schalter des Bahnpostamtes ja irgendwie mit Werner Meier legitimiert haben. Dieser Angelegenheit mussten sie eventuell noch nachgehen. Auch musste dieser Unbekannte, den wir jetzt einmal ganz locker «Werner Meier» nennen wollen, von irgend jemandem von der Existenz des Hutsammlers Markus Schmid erfahren haben. War dies via die spielenden Kinder, direkt via Stefanie Jäger oder via diesen bekannten SBB-Angestellten, der Stefanie geraten hatte, den gefundenen Hut zu behalten oder zu verschenken, geschehen? Die beiden ehemaligen Detektive sahen sich immer mehr und mehr Fragen gegenüber. Ihr Jagd-

instinkt beschwingte sie, der Sache sorgfältig nachzugehen. Auch mussten sie sich eingestehen, dass der wahrscheinliche Mörder schneller gewesen war als sie und es immerhin verstanden hatte, dieses allfällige Beweisstück rechtzeitig für sich zu sichern. Dies ganz im Gegensatz zur Schirmattrappe, die ja in strengem Polizeigewahrsam war. – Dann war auch diese ausgefallene Hutgrösse ein interessanter und sicher nicht zu vernachlässigender Faktor. Besass der Mörder von Paul Glaser so einen ungewöhnlich grossen Kopf? – Trug er eventuell eine sehr voluminöse Perücke, sinnierten die beiden Freunde weiter.
Unterdessen waren sie vom Bruderholz her durch die Wolfsschlucht am Tellplatz angelangt. Dort mussten sie sich trennen, um ein jeder für sich direkt nach Hause zu gehen. Schon übermorgen wollten sie sich wieder treffen. Ort und Zeit liessen sie im Moment noch offen, da sie morgen sowieso miteinander telefonieren wollten.
Wir wollen uns jetzt dem Polizeihauptquartier und den dort eingeleiteten Aktivitäten im Zusammenhang mit der Abklärung der Todesfälle der drei pensionierten Detektive zuwenden.
Polizeidirektor Harzenmoser hatte eine Ad-hoc-Arbeitsgruppe gebildet zur Untersuchung eines allfälligen Verbrechens an den drei ehemaligen Beamten sowie auch an Herrn Bruno Kaltenbach.
Die Leitung dieser Ad-hoc-Arbeitsgruppe übergab er dem erfahrenen Polizeikommissar Max Affolter. Affolters engste Mitarbeiter, wie Paul Märki und Emil Klötzli bildeten den Kern dieser Arbeitsgruppe. Zwei sehr tüchtige Polizeiassistentinnen und zwei noch ganz junge Detektive wurden ebenfalls diesem Arbeitsteam zugeteilt.
Polizeidirektor Harzenmoser war seinerseits überzeugt, dass er zur Abklärung dieses nicht gerade alltäglichen Falles die richtige Leute ausgewählt hatte. Das Team entsprach dem guten Durchschnitt seiner Mitarbeiter. – Wenn es Affolter und diesen seinen Mitarbeitern nicht gelingen sollte, bis in ein paar Monaten Licht in die ganze Angelegenheit zu bringen, konnte er immer noch weitere Fahndungskräfte mobilisieren.
Aus Erfahrung wusste er, dass Kommissar Affolter zu den hartnäckigsten und geduldigsten Verfolgern einer einmal auf-

gespürten Fährte eines Verbrechens zählte. Er, Harzenmoser, gab dieser Arbeitsgruppppe den Namen «Beresina»-Gruppe. Dieser Einfall war ihm gekommen, weil er sich erinnerte, dass der weltberühmte amerikanische Chemiker und Nobelpreisträger Robert Burns Woodward – übrigens mit Basel eng verbunden – seinen Schweizer Mitarbeitern diesen Ehrentitel – sicher im Andenken an die Heldentat bei Napoleons Rückzug aus Russland – kolletiv zukommen liess. Dies vor allem, wie Insider wissen wollten, wegen der Ausdauer und Geduld seiner Schweizer Postdoktoren beim Verfolgen eines einmal vom «Chef» gesteckten Zieles.
Polizeidirektor Harzenmoser war schon ein wenig eitel und mimte oft mehr den Typ des lässigen Genies, als dass er es in seinem Innersten eigentlich war. Er war zu einem guten Teil seines persönlichen Erfolges wegen gerne Polizeidirektor. Natürlich wollte er auch, dass eine Untat gesühnt werden musste. Seine Auftritte in der Öffentlichkeit, am Radio, in der Presse und am Fernsehen waren jeweils perfekt einstudiert und fast zu gekonnt eingeübt, so dass nur ein Naivling diesen Sachverhalt mit der Zeit nicht durchschauen musste.
Harzenmoser hätte von seiner Persönlichkeitsstruktur her bestimmt ein ganz gewiegter Politiker werden können. Er wusste bestens, dass Politik die Kunst des Möglichen ist, und dass sich ein oberster Chef mit seinen Äusserungen und Taten nie leichtsinnig aufs Glatteis begeben darf.
Schon einen Tag nach der Bildung dieser «Beresina»-Gruppe durch Polizeidirektor Harzenmoser hatte Kommissar Affolter alle diese Mitarbeiter zu einem 1. Rapport im Spiegelhof aufgeboten.
Nach der kurzen Begrüssung kam Kommissar Affolter sofort auf den Auftrag seiner Ad-hoc-Gruppe zu sprechen. Er erklärte seinen Zuhörern, dass es ihr Ziel sei, den Mörder von Paul Glaser aufzuspüren und dingfest zu machen! Dann hätten sie mit grösster Wahrscheinlichkeit auch den Urheber der Verbrechen an Bruno Kaltenbach und an Peter Bächle und Johann Hölzel überführt.
Sehr ausführlich legte er ihnen dann den ganzen Fall so dar, wie auch wir ihn kennen, angefangen bei diesem besagten Pensioniertenhock am Freitag, dem 13. Juli 1984. Er bekräftigte den Anwesenden, dass sie noch zwei weitere, quasi stille

Mitarbeiter hätten, nämlich Hans Regenass und Fritz Bürgi. Diese beiden pensionierten Kameraden würden allerdings nur allgemein zugängliche Informationen im Zusammenhang mit dem unverständlichen Tode ihrer guten Freunde, also der drei ehemaligen Detektive sammeln und alle ihre Nachforschungsresultate an sie, also die «Beresina»-Gruppe weitergeben.
Nachdem von den Anwesenden zu den bisher geäusserten Fakten keine Fragen gestellt wurden, gab Kommissar Affolter folgende Organisation der «Beresina»-Gruppe bekannt: Als seinen Stellvertreter bezeichnete er die Polizeiassistentin Claudia Denner. Ferner bildete er drei Untergruppen, welche er A, B und C benannte.
Gruppe A bestand aus seinen langjährigen engsten Mitarbeitern Emil Klötzli und Paul Märki. Gruppe B wurde von den beiden jungen Detektiven René Lederach und Rolf Burkhart gebildet. Die Gruppe C bestand somit aus den beiden Polizeiassistentinnen, also aus Claudia Denner und Daniela Müller.
Kommissar Affolter gab glasklar seine Absicht bekannt, dass Gruppe C sich vorerst aktiv nur mit der Abklärung aller ihnen wichtig erscheinenden Umstände, welche in einem direkten Zusammenhang mit dem Tode von Bruno Kaltenbach stünden, zu befassen habe.
Wenn es dann erforderlich würde, weitere Kräfte für diese Aufgabe einzusetzen, würde er diesen Entscheid treffen und ihnen allen bekanntgeben.
Gruppe B sollte versuchen, möglichst viele Informationen über den mysteriösen Duelltod von Peter Bächle und Johann Hölzel in Erfahrung zu bringen.
Gruppe A schliesslich sollte sich auf die Abklärung des eindeutig als Mord erkannten Todes von Paul Glaser konzentrieren!
In zwei Wochen wollte man sich wieder hier zur gleichen Zeit und im gleichen Rahmen treffen, um eventuell erste Resultate allgemein bekannt zu geben und das weitere Vorgehen festzulegen.
Bis dahin wünsche er allen viel Erfolg. Im übrigen würde er sich täglich persönlich von allen drei Gruppen individuell informieren lassen und auch mitberaten, um so jederzeit die Übersicht über die ganze Sachlage zu behalten und eventuell das nächste gemeinsame Treffen vorverlegen zu können. –

Alle Mitarbeiter waren befriedigt vom Vorgehen Kommissar Affolters. Sie waren überzeugt, dass ihr Chef schon wusste, wie er den Auftrag der von Polizeidirektor Harzenmoser eingesetzten «Beresina»-Gruppe lösen musste. Ein jeder von ihnen wollte sein Bestes geben! – Claudia Denner und Daniela Müller beabsichtigten, umgehend mit dem ehemaligen Arbeitgeber von Bruno Kaltenbach Kontakt aufzunehmen. Sie versprachen sich, so eventuell einen Anhaltspunkt für ein Motiv eines möglichen Mörders zu entdecken. Dass der Mord eigentlich nicht Bruno Kaltenbach, sondern seinem berühmten Bruder Prof. Dr. med. Kaltenbach gegolten haben könnte, wurde um so wahrscheinlicher, je weniger sich ein Motiv für einen Mord an Bruno Kaltenbach finden liess!

Schon früh am nächsten Morgen telefonierte Daniela Müller an die Beratungsfirma «Streitwolf» und bat die den Anruf entgegennehmende Sekretärin, sie doch bitte mit Herrn Streitwolf zu verbinden, es handle sich um eine persönliche Angelegenheit.

Die mit äusserst sympathischer Stimme antwortende Sekretärin meinte: «Selbstverständlich, natürlich gerne Madame, einen Augenblick bitte!» – Ein kurzes kaum hörbares Knakken in der Telefonleitung und dann meldete sich eine auffallend sonore Stimme: «Franz Streitwolf am Apparat.» – «Hier spricht Daniela Müller. Guten Morgen, Herr Streitwolf, ich hätte mich gerne kurz mit Ihnen unter vier Augen besprochen. Ich bin Polizeiassistentin und habe den Auftrag, beim ehemaligen Arbeitgeber Erkundigungen über den auf der Insel Mauritius anlässlich einer Ferienreise ertrunkenen Bruno Kaltenbach einzuziehen. – Wann, Herr Streitwolf, hätten Sie in den nächsten Tagen einmal Zeit, um mich – sagen wir – rund eine halbe Stunde zu empfangen?» – «Fräulein oder Frau Müller, wie sagten Sie doch?» – «Fräulein, bitte», antwortete Daniela Müller. – «Fräulein Müller, wie wäre es, wenn wir uns zu diesem Gespräch in einer gemütlichen, etwas aufgelockerten Atmosphäre treffen würden? Ich mache Ihnen den Vorschlag, dass wir uns heute Abend zum Nachtessen im Hotel Drei Könige treffen, sagen wir um 19.25 Uhr. Ich werde einen Tisch für uns beide reservieren lassen, wo wir uns ungestört unterhalten können. Sie sind doch mit diesem Vorschlag einverstanden, nicht wahr Fräulein Müller?» – «Aber sehr gerne,

Herr Streitwolf, bis heute abend!» – «Wie abgemacht!» beendete Franz Streitwolf dieses Telefongespräch.
Daniela Müller war sehr zufrieden! Die Sache ging vorwärts. Sie informierte ihre Kollegin Claudia Denner über die getroffene Abmachung. Kriegsrat mussten sie ja keinen halten. Es galt ja nur, ein paar erste, allgemeine Informationen einzuholen, um sich dann ein erstes grobes Bild von der Persönlichkeit Bruno Kaltenbachs machen zu können.
Pünktlich um 19.23 Uhr betrat die sehr ordnungsliebende und zeitbewusste Daniela Müller das Foyer des Hotels Drei Könige. Ein Hotel-Angestellter lächelte sie sehr charmant an: «Fräulein Müller?» – «Bitte, folgen Sie mir!» – Daniela Müller hatte auf die vorherige Anrede hin nur ein wenig mehr gelächelt, das heisst ihre herrlichen, weissen Zähne – um deretwillen sie schon viel beneidet wurde – etwas mehr zur Schau gestellt, und sofort hatte der erfahrene und äusserst scharf beobachtende Hotelangestellte erkannt, dass es sich bei der einfach, aber sehr gediegen gekleideten Dame um den erwarteten Gast von Herrn Streitwolf handeln musste. – Fräulein Müller folgte fast traumwandlerisch ihrem etwas voranschreitenden Begleiter, der sie zu einem festlich gedeckten Zweiertisch geleitete mit einzigartigem Blick auf den in der Abendsonne in unzähligen Pastellfarben glitzernden Rhein.
Daniela Müller war angenehm überrascht von der gepflegten, weltmännischen Erscheinung ihres heutigen Gastgebers. Sie hatte sich von Herrn Streitwolf wirklich ein unzutreffendes Bild gemacht.
«Guten Abend, Fräulein Müller. Es freut mich ausserordentlich, dass Sie, eine so charmante junge Frau, mir heute Abend ein wenig Gesellschaft leisten wollen. Ihr Kleid steht Ihnen ausgezeichnet! Sie haben Geschmack und ein untrügliches Flair für Schönheit, meine Dame», schmeichelte er ihr fast zu offensichtlich. Daniela Müller freute sich über dieses Kompliment und liess dies Herrn Streitwolf auch merken. Sie wusste, dass sie vorteilhaft aussah und eine grosse Anziehungskraft auf Männer ausübte, schon ohne dass sie sich dazu speziell bemühen musste. Und heute abend – dies sei hier verraten – hatte sie sich sogar sehr bemüht! Sie hatte schon als Mädchen davon geträumt, einmal Schauspielerin zu werden und im Rampenlicht zu stehen. Aber das Leben mit dem meist poesielosen,

nüchternen Alltag hatte sie schnell gelehrt, ihre Berufschancen realistisch einzuschätzen und einen sogenannten praktischen Beruf anzustreben, um später einmal das tägliche Brot auch sicher erwerben zu können.

Fräulein Müller freute sich jetzt riesig auf den vielversprechenden Abend mit ihrem so interessanten Gastgeber. Polizeiassistentin war im Moment mindestens ein so attraktiver Beruf wie Schauspielerin, ging es ihr durch Kopf und Herz.

Franz Streitwolf mochte so um die 40 Jahre alt sein. Er hatte volles braunes, auffallend gelocktes Haar, war bestens rasiert, hatte sehr ansprechende, gleichmässige Gesichtszüge und strahlte grosse Kraft und Sicherheit aus. Seine Mimik und seine Gesten waren gekonnt und liessen auf den ersten Blick den Mann von Welt erkennen.

Fräulein Müller hatte schon vieles gehört über die heute überall aufblühende Branche von solchen Unternehmensberatungsfirmen, wie Herr Franz Streitwolf eine besass und auch persönlich leitete. Sie wusste nicht recht, was sie von diesen angeblich überheblichen, eiskalten, berechnenden, herzlosen und profitsüchtigen Männern, wie neuestens auch Frauen, halten sollte, welche in die Branche der Unternehmensberatung einstiegen. Offensichtlich war für Daniela Müller nur, dass die Karrierechancen bei einer Tätigkeit in einer solchen Firma heutzutage viel grösser waren als in jedem anderen Beruf. Der Grund mochte darin liegen, dass die Vielfalt der Problemstellungen in dieser Branche enorm horizonterweiternd wirken musste. Dann bot sich auch die Gelegenheit, sich jederzeit und überall zu exponieren und sich so nicht nur beim direkten Arbeitgeber zu profilieren. Dies war nicht selten der Weg ins Topmanagement einer der untersuchten Firmen. Andererseits wusste Daniela Müller auch um die leidtragenden Arbeitnehmer in den durchleuchteten Firmen. Diese Betroffenen gaben ihren Kommentar über die brutalen Untersucher im Nachhinein nur noch ihren Freunden hinter vorgehaltener Hand bekannt. Nur ein Naivling liess sich zweimal im Leben in seiner ehrlichen Gutmütigkeit so übervorteilen. Man konnte also annehmen, dass das Berufsklima bald überall stark verändert sein würde. Unwillkürlich musste sie an den «Zauberlehrling» denken, der sich nicht mehr aus seiner selbst herbeigeführten misslichen Lage zu retten wusste.

All diese Gedanken gingen Daniela Müller durch den Kopf und mahnten sie, vor ihrem Gegenüber auf der Hut zu sein. Allerdings wollte sie locker bleiben und vorurteilslos ihrem heutigen Gesprächspartner begegnen. Schon beim Apéro brachte Fräulein Müller das Gespräch direkt auf den Kern der ganzen Sache. «Herr Streitwolf, wir wollen versuchen, den geschäftlichen, also offiziellen Teil unseres heutigen Zusammentreffens so schnell wie möglich hinter uns zu bringen. Sie sind sicher doch auch dieser Meinung?» – Dabei schaute sie ihr Gegenüber schalkhaft und vielversprechend an. Und ohne eine positive Antwort abzuwarten, fuhr Daniela Müller fort: «Also, die Sache ist folgende: Ihr ehemaliger Mitarbeiter Bruno Kaltenbach ist ja während seines Ferienaufenthaltes auf der Insel Mauritius im Meere ertrunken. Nun gibt es aber noch den Prof. Dr. med. Kaltenbach, den Bruder Ihres Herrn Kaltenbach. Dieser Professor scheint ein ganz misstrauischer Mensch zu sein, denn er liess durch einen pensionierten Detektiv abklären, ob vielleicht ein Verbrechen vorliege und Bruno Kaltenbach stellvertretend für ihn ermordet worden sei, weil irgend jemand ihn, den berühmten Bruder, umbringen wollte. Bruno Kaltenbach habe diese Ferienreise nach Mauritius nämlich bei einem Wettbewerb gewonnen. Zu allem Unglück, Herr Streitwolf, ist dieser ehemalige Detektiv bei einem Sturz aus einem Zuge tödlich verunglückt. Nun müssen wir von der Polizei abklären, ob es irgend ein Motiv gegeben haben könnte, um Ihren Bruno Kaltenbach umzubringen. Wenn es so ein Motiv gegeben hat, so kann Prof. Dr. med. Kaltenbach bezüglich eines Anschlags auf seine Person beruhigt sein. Im übrigen, Herr Streitwolf, glauben wir von der Polizei natürlich, dass Bruno Kaltenbach unglücklicherweise – wie es leider immer wieder vorkommt – ertrunken ist, und dass sicher kein Verbrechen vorliegt. Aber Sie wissen ja, wir müssen alles erst einmal abklären, um den Fall dann ad acta legen zu können. Manchmal kommt es mir vor, als benötigten wir von der Polizei auch eine Beratung durch so ein Beratungsbüro, wie das Ihrige, so dass wir uns auf das Wesentliche beschränken können und nicht solche vorprogrammierten Leerlaufübungen, wie jetzt diesen Fall Kaltenbach, abklären müssen.» – Franz Streitwolf hatte seiner so attraktiven Gesprächspartnerin sehr aufmerksam und wohlwollend zugehört. Sein immer

gleichmässig strahlender Gesichtsausdruck liess dabei nicht die geringste Aussage über seine dazu gemachten Gedanken erraten. Mit einem kaum merklichen Wink hatte er dem Kellner gedeudet, die Beleuchtung ein wenig zu dämpfen. Das spielerisch flackernde Licht der Kerze auf ihrem festlich gedeckten Tische kam so besser zur Geltung und verbreitete eine intimere und noch mehr Vertrauen einflössende Stimmung. Nun ergriff Franz Streitwolf die Initiative: «Fräulein Müller, ich glaube, dass ich Ihnen helfen kann, Ihren Auftrag zu erfüllen. Denn ich habe genau verstanden, was Sie von mir wissen wollen! Doch bevor ich Ihnen die gewünschte Antwort erteile, könnten wir doch unser Nachtessen bestellen. Ich mache Ihnen einen Menüvorschlag. Wie wäre es mit Solefiletröllchen auf einem Spinatbett gratiniert als Entrée und dann Les Trois Filets in einer Morchelsauce mit Gemüsebeilage und Kartoffelcroquetten?» - Daniela Müller lief das Wasser im Munde zusammen. Sie war mit diesem verlockenden Vorschlag sofort einverstanden: «Sehr gerne, Herr Streitwolf, Sie scheinen ja fast Gedanken lesen zu können. Auf die Trois Filets habe ich mächtig Lust!»
Nachdem Herr Streitwolf die Bestellung an den Kellner weitergegeben hatte, kam er direkt zur Sache: «Also, Fräulein Müller, kommen wir nun auf Bruno Kaltenbach, meinen so guten und tüchtigen ehemaligen Mitarbeiter, zu reden. - Es ist wirklich jammerschade um diesen so hoffnungsvollen jungen Mann! Er hätte bestimmt eine ganz grosse Karriere vor sich gehabt und hätte seine exzellenten Geistesgaben zum Wohle und zum Segen der Menschheit noch viele Jahre einsetzen können.» - Nach einer kleinen Pause fuhr Franz Streitwolf fort: «Bruno Kaltenbach stammte aus recht einfachen Verhältnissen. Schon früh wurde er, wie übrigens auch sein Bruder, der heutige Prof. Dr. med. Kaltenbach, von den Eltern und den Lehrern angehalten, unermüdlich zu lernen und zu arbeiten wie ein Bauernpferd, um sich einen Platz an der Sonne zu erobern. Solche Leute lernen dann sehr schnell, überall ihre Ellenbogen zu gebrauchen. Fast wie zum Scherze sprechen wir in unsern Kreisen, dass diese Leute ihre Ellenbogen noch mit scharfen Messern «armiert» hätten. Die Unverfrorenheit dieser superaktiven Neulinge ohne jeglichen familiären Hintergrund ist es vor allem, welche sie für uns zu so wertvollen Ar-

beitskräften macht. Ihr unbändiger, ja krankhafter Ehrgeiz lässt sich sehr einfach lenken oder auch ausnützen, wie man dies nun einmal sehen will. Bruno Kaltenbach z.B. war ein weit überdurchschnittlich intelligenter, sehr charmanter und äusserst ehrgeiziger junger Mann gewesen. Er war immer überall der Klassenerste. Dies auch im Sport. Nur nebenbei gesagt, er hatte eine absolute 6er-Matura, was ja sehr selten vorkommt! Übrigens nur, dass Sie, Fräulein Müller, dies wissen, er hatte seit Beginn des Basler Triathlons immer auch an diesem Wettkampf der Iron-Männer teilgenommen. Sie wissen ja, was dies heisst: 4 km Schwimmen, dann 180 km Velofahren und anschliessend noch 42 km Marathonlauf absolvieren und dies alles in rund 10 Stunden. Bruno Kaltenbach hat an diesem harten Wettkampf jeweils glänzend abgeschnitten und sogar davon geträumt, die Wettkampfdisziplinen noch zu verschärfen. Er hatte diesbezüglich zum Beispiel die Idee, den Wettkampf mit einem Ziel-Fallschirmsprung aus 1000 m Höhe zu beginnen. Als ein solches Ziel stellte er sich den Start zur 4 km Schwimmstrecke vor. Ich, Fräulein Müller, bin leider kein sportlicher Typ, ich kann nicht einmal schwimmen. Dafür habe ich mich immer auf geistige Werte konzentriert. Das hat dann auch dazu geführt, dass junge, sehr begabte und ehrgeizige Leute bald erkannten, was ich ihnen bieten konnte. Es ist dies eine überaus interessante Feststellung, dass nur ein sehr intelligenter Mensch andere ebenso intelligente Menschen erkennen und schätzen kann. Gleich und gleich gesellt sich gern, sagt ja schon ein altes Sprichwort. Nur verstehen es die meisten Leute einseitig aufs Negative hinweisend, was gerade wieder den Inhalt dieses Sprichwortes offenbart.»
Herr Streitwolf machte abermals eine kleine Pause und zog aus seiner Jackentasche ein Bündel Papiere. «Sehen Sie hier, ein paar Briefe, wie wir sie in unserer Branche laufend bekommen.»
Was Herr Streitwolf Fräulein Müller jetzt zeigte, liess sie fast den Appetit auf das ersehnte leckere Mahl verlieren, so ungewöhnlich waren diese Briefe für sie. Zu mehr als 90 Prozent bestand diese Post aus anonymen, ganz gemeinen Schmähbriefen gegen Bruno Kaltenbach. Eine solche Sammlung von Gehässigkeiten und Gemeinheiten gepaart mit den unheimlichsten Drohungen war für einen normalen Menschen kaum

vorstellbar und hätte jedem Science-fiction-Autor noch Ehre gemacht.
Aber irgendwie passten diese Äusserungen zu der Stimmung, wie sie es so oft von den untersuchten Opfern dieser Beratungsfirmen hinter vorgehaltener Hand vernommen hatte. Dieser Blick hinter die Kulissen der Unternehmensberatungsbüros liess Fräulein Müller erkennen, dass in der heutigen Arbeitswelt eine Zeitbombe ticke, von der niemand das Kaliber, noch den Explosionszeitpunkt zu wissen schien. Sie erinnerte sich, dass ehemalige Untersucher im Nachhinein fast verzweifelten, wenn sie feststellen mussten, dass ihre Opfer nur noch hintenherum und immer mit einem Weitergeben des Schwarzen Peters an den Nächsten reagierten. Nach dem bewährten Schema: Ich nein, ich habe mich über nichts zu beschweren. Herr X oder Frau Y aber usw. Die Opfer freuten sich dann, wenn ein solcher Unternehmensberatungsangestellter auch über die Klinge springen musste, angeblich weil er zu wenig Erfolg aufweisen konnte. Dieser permanente Erfolgszwang wurde von einzelnen Beratern schliesslich im Alkohol ertränkt. Das war dann immer der Anfang vom sicheren Ende.
Ja, ja, das war ein garstiges Thema. Aber Fräulein Müller wusste jetzt, dass es gemäss diesen anonymen Briefen genug Personen geben musste, die einen unsäglichen Hass auf Bruno Kaltenbach in ihrem Innern trugen. Es gab also sicher ein Motiv, diesen Bruno Kaltenbach zu beseitigen. Damit hatte sie ihre Aufgabe eigentlich gelöst. Sie wusste jetzt, dass Bruno Kaltenbach kaum stellvertretend für seinen Bruder ermordet worden sein konnte, falls er überhaupt ermordet worden war, und nicht – wie es naheliegend war – ein Unglücksfall vorlag. Sie dankte Herrn Streitwolf für seine zuvorkommende Offenheit und seine wertvolle Hilfe in dieser Angelegenheit. Die beiden schlossen das unangenehme Thema für den heutigen Abend ab und schickten sich an, das eben servierte herrliche Essen zu geniessen.
Als sich Fräulein Müller von Herrn Streitwolf vor dem Hotel Drei Könige dankend verabschiedete, um noch rasch im Spiegelhof, dem nahe gelegenen Polizeihauptquartier, vorbeizugehen, schlug die Glocke der Martinskirche gerade 23 Uhr.
Als Fräulein Müller in ihrem Büro, das im zweiten Stock des Spiegelhofes lag, angekommen war, stellte sie als erstes den

prächtigen Rosenstrauss, den ihr Herr Streitwolf bei der von Restaurant zu Restaurant ziehenden Blumenverkäuferin im Hotel Drei Könige erstanden hatte, in eine einfache Vase. Sie freute sich an den herrlichen roten Rosen und dachte begeistert an den unvergesslich schönen Abend mit Herrn Streitwolf zurück! Sie war zuvor erst einmal im Hotel Drei Könige essen gewesen. Herr Streitwolf war zweifellos ein sehr feiner und grosszügiger Gastgeber. Er war ein sehr intelligenter und gebildeter sowie offenbar auch ehrlicher Mann. Sie hatte den Abend in vollen Zügen genossen, sobald der dienstliche Teil, d.h. die Erkundigung über Bruno Kaltenbach, abgeschlossen war. Herr Streitwolf hatte ihr später noch dargelegt, dass der Tod von Bruno Kaltenbach ihm persönlich sehr nahe gehe. Auch bedinge dieser Verlust eines so tüchtigen Mitarbeiters für ihn schwerwiegende geschäftliche Konsequenzen. Wohl habe er die Arbeitskraft von Bruno Kaltenbach für 3 Millionen Franken versichert. Diese atemraubende Summe werde er auch ohne weiteres von der Versicherungsgesellschaft erhalten, aber das sei weit unter dem Marktwert eines seiner durchschnittlichen Angestellten. Für seinen besten Mitarbeiter, einen Herrn Spinnhirni, habe er eine Arbeitsausfallversicherung von 10 Millionen Franken abgeschlossen. In ihrer Branche sei es üblich, solch grosse Investitionen für die Arbeitskraft eines Beraters zu tätigen. Die meisten Kunden hätten sich ihnen gegenüber vertraglich abgesichert über die eventuellen Folgen beim Ausscheiden eines Beraters. Zum Glück könne er momentan den Ausfall von Herrn Kaltenbach verkraften. Er könne einen Herrn Nachtnebel, der seit drei Jahren bei ihm in der Ausbildung stünde, als Nachfolger für die Projekte von Bruno Kaltenbach einsetzen. Andernfalls hätte er eine finanzielle Einbusse von 2 bis 3 Millionen Franken zu tragen gehabt. Dies sei verhältnismässig noch eine bescheidene Summe, bezogen auf die normalen Forderungen seiner Auftraggeber, welche im Prinzip nur Grossfirmen wären, welche kein nicht kalkuliertes Risiko eingehen wollten. Sie, die Unternehmensberater, seien eben die bestbezahlten Baumschneider der Welt. Die Erinnerung an diesen Scherz von Herrn Streitwolf veranlasste Fräulein Müller, sich nochmals genau vorzustellen, wie es gewesen war, als diese unvorteilhaft gekleidete Blumenverkäuferin, von schwer zu schätzendem

Alter, an ihrem Tische ihre schönen Rosen anbot: «Für die hübsche Dame», dies mit der verlogensten Stimme, die man sich nur vorstellen konnte. Herr Streitwolf hatte mit sichtlichem Vergnügen dieser Blumenfrau sieben sorgfältig und mit grosser Umsicht ausgewählte Rosen abgekauft und diese ihr dann mit einer liebreizenden Geste überreicht. Beim Kellner hatte Herr Streitwolf noch eine Vase zum vorübergehenden Einstellen des prächtigen Rosenstrausses verlangt.
Ja, eigentlich hatte Herr Streitwolf durch diese Geste auch profitiert. Denn die anmutslose Blumenverkäuferin hatte ein sicher fingerdickes Kuvert vom Boden aufgehoben und Herrn Streitwolf gefragt, ob dieses Kuvert etwa ihm zu Boden gefallen wäre? Was dieser bejahte und ihr noch ein Fünf-Frankenstück quasi als Finderlohn zusteckte. Es gab doch noch grosszügige Leute!
In der Zwischenzeit wollen wir sehen, was die andern Teams der «Beresina»-Gruppe getan und erreicht haben.
Gruppe B, bestehend aus René Lederach und Rolf Burkhart, hatten bis jetzt sehr wenig aussagekräftige Informationen bezüglich des von ihnen abzuklärenden Duelltodes von Peter Bächle und Johann Hölzel in Erfahrung bringen können. – Sie wussten jetzt zwar viele technische Details. Sie kannten die Waffen, welche man ja bei den Toten gefunden hatte. Sie wussten Bescheid über die Kaliber der verwendeten Munition und auf Grund der Patronenhülsen sogar über die Laborierdaten. Aber trotz allem konnten sie bis jetzt nicht in Erfahrung bringen, woher die Waffen stammten, d. h. wo sie gekauft oder gestohlen worden waren. Dasselbe galt auch für die Munition. Anfänglich sah es so aus, als ob es nur eine Zeitfrage wäre, bis die Herkunft der Waffen eindeutig abgeklärt werden könnte. Doch je länger die Untersuchungen andauerten, desto komplexer erwiesen sich die Nachforschungen. Die Waffenexperten fanden heraus, dass die Munition teilweise eine Spezialanfertigung war. So waren die beiden verschossenen Projektile High-speed-Plastik-Mantelgeschosse mit einem Kupfer-Blei-Kern. Diese relativ leichten Geschosse kamen nach dem Auftreffen von ihrer Flugbahn ab und irrten im Körper umher. Auf diese Weise rissen sie trotz der kaum sichtbaren Einschussstelle innerlich schreckliche Wunden und wirkten praktisch bei einem beliebigen Treffer immer tödlich. Die übrigen

Patronen im Magazin waren ganz normale Pistolen-Munition mit den selben Laborierdaten.
Dies bewies, dass die zwei tödlichen Geschosse als Spezialanfertigung aus bekannter Patronenhülse und unbekanntem Projektil kombiniert worden waren. Bis jetzt war in Basler Polizeikreisen solche Munition nur aus der Fachliteratur bekannt. Auch wusste man, dass in den so grausamen Kriegen im Mittleren Osten derartige Geschosse zum Einsatz kamen.
Die weitern Abklärungen bezüglich Angaben zur Person der beiden pensionierten Detektive ergab nur eine magere Ausbeute. Die beiden Duellanten galten in ihrem Bekanntenkreis überall als langjährige gute, ja sehr gute Freunde. Was sie plötzlich zu so einer Tat veranlassen konnte, war fast allen ganz unverständlich. Allerdings gab es auch vereinzelte Leute, welche aussagten, sie hätten immer schon vermutet, dass etwas nicht stimmen könnte mit so einer selbstlosen Freundschaft. Bei Menschen gäbe es ein derartiges altruistisches Verhalten in der Realität gar nicht. Alle Formen von Freundschaft seien eine Art Ausnützung eines Schwächeren durch einen Stärkeren. Wahrscheinlich habe der ausgenützte Partner dies jetzt plötzlich bemerkt und deshalb hätten sich die beiden in einem Anflug von Wahnsinn und falschem Ehrbegriff duelliert.
Möglicherweise sind noch ein paar weitere Untersuchungsergebnisse erwähnenswert. So hatten die beiden Duellanten ihre Armbanduhren offensichtlich vor ihrer schrecklichen Tat vertauscht. Peter Bächle trug die Lederarmbanduhr von Johann Hölzel und dieser die Stahlarmbanduhr von Peter Bächle. Auch fand man in der Tasche des toten Johann Hölzel zwei frisch gekaufte Klappmausefallen in einem Papiersack. Die beiden Unterseiten der Bodenbrettchen dieser Mausefallen waren mit einem Gummibändchen zusammengehalten. Bei näherer Untersuchung zeigte es sich, dass auf der Unterseite der Bodenplatte der einen Mausefalle eine Reihe von Zeichnungen zu finden war. Es schien, dass diese Zeichnungen mit einem schwarzen Kugelschreiber ausgeführt worden waren. Auf der folgenden Abbildung sind diese Zeichnungen dargestellt.
Anfänglich glaubten die beiden Detektive, René Lederach und Rolf Burkhart, dass diese Zeichnungen nichts zu bedeuten hätten. Ja, einfach das Gekritzel, entweder eines seine Lan-

geweile totschlagenden Verkäufers oder von Johann Hölzel wären. Dann aber ereignete sich etwas Seltsames. Frau Hölzel nämlich stellte fest, dass auf der Innenseite des Lederarmbandes der Uhr ihres verstorbenen Gatten eine Reihe von Zeichnungen angebracht waren. Sie fragte Frau Bächle, die ja als erste diese Uhr von der Polizei zurückerhalten hatte, ob sie diese Zeichnungen auf dem besagten Uhrenarmband auch entdeckt habe, was diese sofort bejahte. Frau Bächle fügte ihrerseits hinzu, sie könne sich natürlich keinen Reim auf diese Sache machen, da sie Herrn Hölzel ja nicht so gut gekannt hätte. Als dann Frau Hölzel den beiden Detektiven gegenüber aussagte, dass ihr Mann, als sie ihn zum letztenmal lebend sah, ausgegangen war, um eine Mausefalle zu kaufen, weil sie im Keller, wie kürzlich festgestellt, Mäuse hätten, da erinnerten sich diese wieder an die Mausefallen und übergaben letztere Frau Hölzel. Dabei entfernten sie das Gummiband, welches die beiden Mausefallen mit ihren Bodenplättchen zusammenhielt und drehten das bekritzelte Bodenplättchen so um, dass Frau Hölzel die Zeichnungen sehen musste. Frau Hölzel erbleichte beim Anblick dieser Zeichnungen. «Herr Lederach und Herr Burkhart, diese Zeichnungen müssen eine Botschaft meines armen Mannes sein! Sehen Sie hier diesen Schwan auf dieser, sagen wir, Briefmarke oder so? Dieser Schwan ist in einem Strich gezeichnet. Dies ist eine Zeichnung, welche mein verstorbener Mann hunderte von Malen ausgeführt hat. Ich könnte Ihnen sicher noch eine Zeitung zeigen, deren Rand mit diesem Schwan vollgekritzelt ist. Mein Mann tat dies jeweils, wenn er zum Beispiel auf das Zustandekommen einer Verbindung am Telefon warten musste oder bei ähnlichen Gelegenheiten. – Warten Sie bitte, ich will etwas für Sie holen!» Schon bald kam Frau Hölzel, immer noch ganz aufgeregt, ins Wohnzimmer zu ihren beiden Besuchern zurück. Sie trat ans Fenster und betrachtete mit einer Lupe die Zeichnungen auf der Innenseite des Lederarmbandes der Uhr ihres verstorbenen Gatten. «Tatsächlich, sehen Sie hier, auch hier ist dieser Schwan in der Briefmarke zu erkennen. Es muss eine Botschaft an uns sein! Mein Mann und Herr Bächle müssen irgendwie in einen Hinterhalt gelockt worden sein. Dann muss man sie gefangengenommen haben. Nachher muss man sie psychisch behandelt haben, so dass sich die beiden Freunde gegenseitig in geistiger Umnachtung umgebracht haben. Jetzt verstehe ich sogar, warum sie ihre Armbanduhren vertauscht haben. Sie wussten beide, dass sie kaum mit dem Leben davonkommen konnten und wollten uns irgendwie eine geheime Botschaft zukommen lassen. Einmal auf dem Versteck der Bodenplatte der Mausefalle und einmal auf der Innenseite des ledernen Uhrenarmbandes. Denn beide Zeichnungsfolgen scheinen die gleichen zu sein. Wenn nun ihre beiden Leichen gefunden wurden, so konnte mit einer gewissen Wahrscheinlichkeit diese Botschaft, die ja jeder auf sich trug von uns mit etwas Glück entdeckt werden. – Hätte mein Mann die beschriftete Mausefalle an Herrn Bächle gegeben und selbst seine markante Uhr behalten, so wäre die Chance einer Entdeckung dieser Botschaft durch uns oder durch die Polizei sicher schwieriger und somit weniger wahrscheinlich gewesen. Ach mein lieber Hanns, wie danke ich Dir, dass Du uns hilfst, Deinen so unbegreiflichen Tod aufzuklären!» – Die beiden erstaunten Detektive, René Lederach und Rolf Burkhart, konnten als nüchtern denkende Polizeibeamte so eine phantastisch anmutende Geschichte kaum glauben. Allerdings waren sie noch so jung und unbekümmert, dass sie für ausgefallene Erklärungen immer noch offen waren. Sie schauten sich nun ihrerseits die Bilderfolge genauer an. Jetzt sahen sie diese Zeichnungen auf einmal mit ganz andern Augen an. Dieser Totenkopf, das könnte doch Tod, Mord oder Verbrechen oder Gift usw. bedeuten. Dann folgte das Bild mit dem Kelch oder war es ein Glas. Es konnte beides sein. Dann kam eine halbe Erdkugel, ein Globus oder war es einfach die halbe Erde oder gar die Hälfte des Wortes Erde und zwar die erste Worthälfte? Plötzlich fiel der Groschen, fast gleichzeitig errieten die drei Betrachter den Sinn der drei ersten Zeichnungen: «Mord – Glas – er!» Es lief allen dreien eiskalt über den Rücken, als sie diese Entdeckung gemacht hatten. Ganz aufgeregt versuchten sie ihre Entzifferungsversuche weiterzuführen. Als nächstes war ein Wappen abgebildet. War es ein Kantonswappen? Dann konnte es mit dem Mittelbalken nur dasjenige vom Kanton Zug sein! War es das Wappen einer Ortschaft, so konnte es nur das von Metzerlen sein. Sie versuchten, sich nun einen Reim auf das bisher Entschlüsselte zu machen. «Mord Glaser Zug», ja das ergab einen Sinn. Paul Glaser war ja aus dem Zuge gestürzt worden. Johann Hölzel und Peter Bächle mussten ja ihr Leben lassen, weil sie Nachforschungen über ein Verbrechen an Paul Glaser angestellt hatten. Sie mussten eine Spur gefunden haben und wollten versuchen, diese verschlüsselt an uns weiterzugeben. Sie mussten gewusst haben, dass es für sie kaum mehr ein Entrinnen gab, und dass sie nur eine Chance hatten, eine Botschaft an uns weiterzugeben, wenn diese nicht sofort als Meldung an uns erkannt werden konnte! – Was aber wollten die weiteren Zeichen dieser Bilderreihe aussagen? Rosen, Frau, Essen, Briefmarke, Schwerter, Hund – Kampf – Hund – Wolf – Streitwolf! Heureka! Ja, das musste es sein. Das sollte Streit-

wolf heissen. So hiess doch der Arbeitgeber von Bruno Kaltenbach. Ah und diese beiden Zeichnungen hier: Rosen und Frau konnten Blumenfrau bedeuten. Was aber sollte die Briefmarke wohl ausdrücken? War hier Post, Übermittlung, Sendung, Botschaft gemeint? Die drei fieberten in ihrem Entdeckungsrausch. Sie suchten nach Worten, die aneinander gereiht einen Sinn für die ganze Botschaft ergeben konnten. – Mord – Glaser – Zug – Blumenfrau – Restaurant, statt Essen, – Botschaft Streitwolf. Irgendwie schien es den drei begeisterten Dechiffreuren klar zu werden, was die Botschaft aussagen wollte, dass nämlich der Mord an Paul Glaser mit einer Blumenfrau und diesem Unternehmensberater Franz Streitwolf, dem Boss des ertrunkenen Bruno Kaltenbach zusammenhängen musste. Essen oder ein Restaurant spielten auch irgendwie eine Rolle, und die gezeichnete Briefmarke mit dem Schwan als quasi persönliche Unterschrift von Johann Hölzel sollte wohl andeuten, dass diese Blumenfrau mit Herrn Streitwolf Botschaften austauschte. Um was für Botschaften oder Mitteilungen konnte es sich wohl handeln? Wer war der eigentliche Sender oder Auftraggeber für diese Informationen? Fragen über Fragen begannen sich René Lederach und Rolf Burkhart zu stellen und sie dachten ganz intensiv darüber nach. Wie waren wohl die beiden ehemaligen Detektive Peter Bächle und Johann Hölzel auf diese Spur gestossen? Hatte eventuell schon Paul Glaser einen Zusammenhang zwischen einer Blumenfrau und Kaltenbachs Arbeitgeber festgestellt? Oder hatten Peter Bächle und Johann Hölzel diesen Zusammenhang erst entdeckt, als sie schon hoffnungslos in der Falle sassen und mit Schrecken bemerkten, dass es für sie beide kaum noch eine Rettung gab? Die beiden Detektive wollten diese Spur jetzt rückwärts weiter verfolgen. Sie wollten möglichst keine Zeit verlieren, um dann beim ersten Treffen der gesamten «Beresina»-Gruppe, das ja nächstens stattfinden sollte, ihren Verdacht, möglichst mit stichhaltigen Argumenten untermauert und mit Tatsachen belegt, bekanntgeben zu können. Ihre Zweiermannschaft hatte dann sicher einen wichtigen Hinweis auf die Spur des Verbrechers erarbeitet.
Doch bevor wir von diesem ersten Berichterstattungsrapport der «Beresina»-Gruppe berichten wollen, möchten wir noch kurz sehen, was die beiden Routiniers Emil Klötzli und Paul

Märki bezüglich ihres Auftrages, also ganz konkret gesagt, über die Abklärungen betreffs des Unfalltodes von Paul Glaser erreicht haben.
Die beiden Detektive hatten durch ganz systematische Nachforschungen herausgefunden, was Paul Glaser in den letzten 12 Stunden, dann in den letzten 24 Stunden und schliesslich in den letzten drei Tagen seines Lebens unternommen hatte. Weiter zurück konnten sie ihre präzisen Nachforschungen bis jetzt noch nicht durchführen. Allerdings war ihnen dieses und jenes aus der Zeit nach der Rückkehr von den Traumferien auf der Insel Mauritius inzwischen bekannt geworden.
Wir beginnen nun chronologisch diese drei letzten Lebenstage von Paul Glaser auf Grund aller bekannten Tatsachen und Geschehnisse zurückzuverfolgen. Also Paul Glaser war um 21.29 Uhr in Zwingen in den Regionalzug Biel-Basel eingestiegen. Im Zuge war er einem älteren Ehepaar, welches von Soyhières bis nach Dornach mitreiste, gegenübergesessen und hatte diesem erzählt, dass er eben von einem Besuche bei seiner verheirateten Tochter, die ihn noch bis an den Bahnhof Zwingen begleitet habe, zurückkehre. Dann habe er voller Stolz noch von seinen beiden Grosskindern erzählt, die so sonnige Gemüter hätten. Sie seien zwar nicht gerade brillante Schüler, aber dies sei er seinerzeit ja auch nicht gewesen, und im Leben gäbe es wichtigeres als dies. Seine Enkelkinder freuten sich immer riesig, wenn sie mit dem Grossvater ein wenig zusammensein konnten. In Dornach war dann das besagte Ehepaar ausgestiegen. Paul Glaser musste fortan ganz alleine in seinem Zugsabteil geblieben sein. Dort musste er aller Wahrscheinlichkeit nach mit seinem Mörder irgendwie in Kontakt gekommen sein. Wie das geschehen war, konnte jetzt natürlich nicht mehr abgeklärt werden. Allerdings war kaum anzunehmen, dass Paul Glaser von sich aus versuchte, die Toilette aufzusuchen. Denn wenn der Mord geplant war, was ja als sicher galt, so musste jetzt der Mörder dafür gesorgt haben, dass sein Opfer das Zugabteil verliess, um dann schliesslich vom Mörder im kurzen Tunnelstück wie geplant unversehens aus dem Zuge gestossen zu werden. – Auf Grund der alten SBB-Uniform und der gefundenen – aber immer noch nicht sichergestellten Dienstmütze mit Grösse 63 – konnte davon ausgegangen werden, dass der feige Mörder so eine Uniform

getragen hatte, wie wir ja schon wissen. Emil Klötzli und Paul Märki war es nicht gelungen, Zeugen unter den Reisenden zu finden, welche einen zweiten SBB-Beamten, etwa einen mit einem besonders grossen Kopf gesehen hätten. Der diensthabende SBB-Kondukteur sagte aus, dass er, da in Dornach keine Passagiere mehr zugestiegen seien, seine Tour durch die Wagen nicht mehr gemacht habe. Soviel stand also fest, dass der Mörder schon vor Dornach im Zuge mitgefahren sein musste. Wer wohl hatte ihn noch gesehen ausser eben Paul Glaser?

Die beiden Fahnder Klötzli und Märki hatten von Paul Glasers Tochter erfahren, dass ihr Vater schon am Vorabend zu ihrer Familie nach Zwingen gekommen war. Er sei sehr gut gelaunt gewesen und habe sie gefragt, ob sie irgendwie Wettbewerbsunterlagen zugestellt bekommen hätte, bei denen man eine Ferienreise gewinnen könne? Sie haben ihrem Vater erklärt, dies könnte schon möglich gewesen sein. Doch sie werfe alle Reklamesendungen und auch die Bettelbriefe ungeöffnet in den Abfalleimer. Übrigens habe er ihr und seinen Enkelkindern wiederum von seiner herrlichen Ferienreise nach der traumhaft schönen Insel Mauritius erzählt. Es müssen wirklich herrliche und unvergessliche Ferientage für ihn gewesen sein.

Im persönlichen Nachlass von Paul Glaser wurden keine Notizen oder sonstige Hinweise auf seine sicher unternommenen Nachforschungen im Falle Bruno Kaltenbach entdeckt. – Klötzli hatte seinerseits das Reisebüro ausfindig gemacht, welches Bruno Kaltenbach die beim Wettbewerb gewonnene Reise nach der Insel Mauritius vermittelt hatte. Die Dame vom Reisebüro war äusserst zuvorkommend gewesen mit ihren Informationen der Polizei gegenüber. Immer wieder gab sie ihrem grossen Bedauern Ausdruck, dass dieser Badeunfall vorgefallen wäre. Sie hätten auch im Falle Bruno Kaltenbach sicher auf den Abschluss einer Reiseversicherung gedrängt oder mindestens vorgeschlagen. Doch sei in diesem Falle schon eine derartige Versicherung im Wettbewerbsgewinn miteingeschlossen gewesen. Sie hätte sich noch gewundert, dass bei einer gewonnenen Reise eine so hohe Versicherung eingeschlossen gewesen wäre. Um welche Versicherungsgesellschaft es sich gehandelt habe, wisse sie allerdings nicht mehr auswendig, aber diese könne man in den Akten ja jederzeit ausfindig machen. Auf Emil Klötzlis Frage, ob solche tödlichen Badeunfälle eine grosse Seltenheit wären, meinte die Dame vom Reisebüro, dies sei sicher ein äusserst seltener Fall. Es würden zwar jede Saison einige derartige Fälle vorkommen, was sich irgendwie nicht vermeiden liesse, bei der grossen Zahl von Ferienreisenden.

Nun müssen wir wissen, dass Fräulein Claudia Denner Nachforschungen unternommen hatte, sowohl bei der Werbeagentur, bei welcher Bruno Kaltenbach die Ferienreise gewonnen hatte, als auch bei der involvierten Versicherungsgesellschaft. Claudia Denner konnte auf diese Weise in Erfahrung bringen, dass die bekannte Werbeagentur Ackermann im Namen eines Kunden aus der Modebranche diesen Wettbewerb veranstaltet hatte. Bei diesem Preisausschreiben hatte Bruno Kaltenbach den ersten Preis, eben diese Ferienreise nach der Insel Mauritius gewonnen. Im Preise inbegriffen war die schon erwähnte Versicherung der Agentur Ziswiler. Als Begünstigter in einem Todesfalle von Bruno Kaltenbach wurde die Werbeagentur Ackermann genannt, welche in der Zwischenzeit auch die Versicherungssumme von 250000 Franken ausbezahlt bekommen hatte. Das erste Folgetreffen der gesamten «Beresina»-Gruppe war termingerecht einberufen worden. Kommissar Max Affolter wollte die Untersuchungsergebnisse der vergangenen zwei Wochen von den einzelnen Gruppen im Plenum rapportieren lassen.

Nach einer kurzen Begrüssung eröffnete er seinen Mitarbeitern, dass Polizeipräsident Harzenmoser sich überraschend für eine Teilnahme an ihrem Rapport angemeldet habe. Aus diesem Grunde wolle er jetzt ihnen, da ja Polizeidirektor Harzenmoser noch nicht eingetroffen sei, vorgängig eine kurze Bekanntgabe über das Resultat einer Abklärung seinerseits machen. Er habe mit Dr. med. Arnold Gubser, der ja von Prof. Kaltenbach im Zusammenhang mit dem Tode seines jüngeren Bruders irgendwie verdächtigt wurde, gesprochen. Er müsse ihnen jetzt sagen, dass Arnold Gubser als Täter für den Mord an Paul Glaser ganz ausser Betracht falle, weil er zum besagten Zeitpunkt im Militärdienst in der Kaserne Moudon an einem taktischen Kurs teilgenommen habe. Von diesen taktischen Kursen wisse man ja, dass immer von allen, aber auch

allen Teilnehmern, bis spät in die Nacht hinein gearbeitet werde. – Ferner sei Dr. Gubser während der Duellszene von den beiden pensionierten Detektiven in Wien an einem medizinischen Kongress gewesen. Er habe diese Aussagen überprüfen lassen und als in Ordnung feststellen können. Damit sei Dr. Arnold Gubser von jeglicher Verdächtigung als direkt ausführender Täter auszuschliessen. Allerdings bestünde theoretisch immer noch die denkbare Möglichkeit, dass im Falle Paul Glaser Dr. Gubser einen Täter gedungen haben könnte. Allein die Wahrscheinlichkeit für ein derartiges Vorgehen passe gar nicht zur Persönlichkeitsstruktur von Arnold Gubser und sei somit praktisch nicht existent. Dies wolle und könne er ihnen jetzt auch erläutern, denn er möchte die einzelnen Gruppen erst Bericht erstatten lassen, sobald Polizeidirektor Harzenmoser eingetroffen wäre, damit sich dieser ein möglichst vollständiges Bild über die von ihnen allen geleistete Arbeit machen könne. – «Also meine Damen und Herren», begann Kommissar Affolter seinen nur zur Überbrückung vorgesehenen Bericht, «unsere beiden quasi stillen Mitarbeiter, Hans Regenass und Fritz Bürgi, haben herausgefunden, dass sowohl Paul Glaser wie auch Johann Hölzel und Peter Bächle mit Arnold Gubser zusammengetroffen waren. Das jeweilige Ziel dieses Zusammentreffens war – wie ich jetzt weiss – herauszufinden, in welchem Verhältnis Dr. Gubser zu seinem direkten Vorgesetzten Prof. Kaltenbach stand.
Was Paul Glaser oder Johann Hölzel diesbezüglich herausgefunden haben, ist natürlich nicht mehr feststellbar. Notizen über ein diesbezügliches Gespräch sind bis jetzt keine aufgefunden worden.» – Kommissar Affolter fuhr dann fort zu erwähnen, dass es einen Fingerzeig für gewisse Vorbehalte von Johann Hölzel und Peter Bächle gegenüber Dr. Arnold Gubser gäbe. Denn Johann Hölzel habe eine Polaroidfoto, welche ihn im Gespräch mit Arnold Gubser zeige – und welche offenbar von Peter Bächle geknipst worden war – zu Hause aufbewahrt. Frau Hölzel habe diese Foto kürzlich entdeckt. Was Kommissar Max Affolter für sich behielt war dies, dass Frau Hölzel die Foto im Mietzinsbüchlein gefunden hatte, als sie die letzte Monatsmiete einbezahlen wollte. Doch nun wieder zurück zu Kommissar Affolters Ausführungen. Frau Hölzel habe diese Foto Hans Regenass gezeigt und ihn gefragt, ob er

– als langjähriger Freund – wohl wisse, wer auf dieser Foto mit ihrem Hanns, wie sie ihren Gatten im Freundeskreis immer nannte, abgebildet wäre? Hans Regenass wusste dies natürlich auch nicht. Allerdings kam ihm, als er mit Fritz Bürgi darüber nachdachte, die Idee, es könne sich eventuell um Prof. Kaltenbach oder Dr. Gubser handeln. Denn irgendwo hatte er dieses Gesicht schon einmal gesehen. Natürlich, an jenem 13. Juli hatte ihnen Paul Glaser die Foto gezeigt, welche er von Prof. Kaltenbach erhalten habe. Dort glaubte er, sei dieser Mann abgebildet gewesen. – Es war dann ein Leichtes, im Spital herauszufinden, wie Dr. med. Gubser aussah und wie Prof. Kaltenbach. Die Krankenschwestern und Krankenpfleger, die ja immer alles über ihre Chefs wussten, gaben bereitwillig ein paar Tips über die Gewohnheiten von Dr. Gubser. Und um diesen musste es sich nach der Foto auch handeln. Dr. Gubser war also ein Fan vom bekannten Coopertest und pflegte eisern jahraus, jahrein jeden Tag während mindestens 12 Minuten seine rund 3 Kilometer zu joggen. Er hatte sich dazu längs der Wiese eine ideale Rundstrecke ausgesucht, welche ihn von der Schliesse dem linken Ufer der Wiese entlang über die Brücke Weilstrasse in der Nähe des Restaurants Wiesengarten und dann längs des rechten Wieseufers durch den Mühlemattweg bis zur Weiherstegbrücke führte, wo er wieder auf das linke Wieseufer wechselte und schliesslich wieder zurück bis zur Schliesse. Von dort fuhr er mit dem Velo, so wie er gekommen war, wieder in die Stadt zurück. – Auf diesem Cooper-Parcours hätten sie ihn dann auch gestellt. Alles sei perfekt nach einem von Hans Regenass und Fritz Bürgi ausgeklügelten Plane verlaufen. Zu diesem Zwecke hätten sich die beiden pensionierten Detektive auf ein Bänklein am Bord der Wiese gesetzt und sich dort ausgeruht, wie es sich für so ältere Herren gezieme. Exakt zur Zeit, in der man den jeweils pünktlich seinen Coopertest absolvierenden Dr. Gubser erwarten konnte, hätten die beiden begonnen, die dortigen Entlein mit Brotmöckchen zu füttern. Als dann Arnold Gubser – wie erwartet – rassig dahergejoggt kam, sei er von den picknickenden Enten, die ihm den Weg auf seiner Jogging-Strecke auf dem Wiesendamm versperrten, in seinem Laufen gehindert worden. Arnold Gubser aber habe in seinem Laufe nicht angehalten, sondern kurzerhand die Entlein gefühlslos verscheucht. Da aber hätten Hans Regenass und Fritz Bürgi wie auf Kommando ihrer Entrüstung und Empörung über solche Barbarei und Rücksichtslosigkeit lauthals Ausdruck gegeben. Ein etwa 30 Meter weiter vorne, wie zufällig dort stehender uniformierter Polizist habe sich eingeschaltet. Er habe Arnold Gubser angehalten und ins nahe gelegene Restaurant Wiesengarten beiseite genommen. Die beiden provozierenden Helfer seien daraufhin auch ins Gartenrestaurant gegangen, hätten an einem ganz entfernten Tisch Platz genommen und voller heimlicher Freude ihr wohlverdientes Bier bestellt. Dr. Arnold Gubser habe zuerst geglaubt, es handle sich um diesen Zwischenfall mit den Entlein und habe scheinbar bereitwilligst dem Polizeibeamten seine Personalien bekannt gegeben. Dann habe er aber etwas höhnisch eine Anspielung auf ein künftiges Fasnachtssujet gemacht. – Das Lachen sei ihm aber schnell vergangen, als der Polizist ihm die Foto, welche ihn im Gespräch mit Johann Hölzel zeigte, vor Augen hielt. «Was wissen Sie, Herr Dr. Gubser, über diesen hier mit Ihnen abgebildeten Mann?» – Arnold Gubser behauptete, von diesem offenbar Verrückten, der ihn noch heimlich bei diesem Gespräch fotografieren liess, unvermittelt angesprochen worden zu sein. Der Mann habe ihn gefragt, ob er einen Paul Glaser, der aus einem Zuge gestürzt wäre, gekannt habe? Zuerst habe er dies verneint. Allerdings habe er dann, als er eine Foto von Paul Glaser vorgezeigt bekommen habe, sich erinnert, dass er kürzlich einmal mit diesem Manne gesprochen hätte. Er habe dies dann auch sofort zugegeben und erzählt, dass dieser Paul Glaser ihn über sein persönliches Verhältnis zu seinem Vorgesetzten ausnehmen wollte. Er habe natürlich keine Auskunft erteilt, und dieser Paul Glaser musste scheinbar unverrichteter Dinge von ihm lassen. – Diesem Manne hier gegenüber habe er dann wahrheitsgemäss geantwortet, dass er nur ein rein geschäftliches Verhältnis zu Herrn Prof. Kaltenbach pflege. Das Privatleben von Prof. Kaltenbach interessiere ihn überhaupt nicht. Zudem liebe es Prof. Kaltenbach für seinen Geschmack zu sehr, immer und überall im Rampenlicht zu stehen. Mit solchen Leuten verkehre man am besten nur nach der Devise: «Gehe nur zum Fürst, wenn Du gerufen würst!» – «Ja, meine Damen und Herren, das wäre es jetzt gewesen. Das Resultat der Abklärungen kennen Sie ja. Ich habe Ihnen eingangs mei-

ner Ausführungen erklärt, dass Dr. Gubser ein stichhaltiges Alibi hat und somit als direkter Täter ganz sicher ausscheidet. Er ist also für uns hier aus der Liste der verdächtigen Personen zu streichen! Bei den letzten Worten war Polizeidirektor Harzenmoser zu seiner «Beresina»-Gruppe gestossen. Nach einer kurzen persönlichen Begrüssung aller Anwesenden, liess sich Polizeidirektor Harzenmoser die bisherigen Untersuchungsergebnisse der drei Gruppen berichten. – Ganz im Gegensatz zu seiner üblichen – für seine Umgebung unangenehmen – Gepflogenheit, immer zwei Dinge gleichzeitig zu tun, hatte er keine Dokumente oder andere Unterlagen mitgenommen, um während der Kurzvorträge nebenbei daran zu arbeiten. Für Gruppe A rapportierte Paul Märki zum Thema «Mord an Paul Glaser».
– Für Gruppe B fasste Rolf Burkhart die Untersuchungsergebnisse bezüglich des Duelltodes von Peter Bächle und Johann Hölzel zusammen. – Für Gruppe C resümierte Claudia Denner die Resultate der Nachforschungen zum Ertrinkungstod von Bruno Kaltenbach. Die drei Berichte waren von je etwa zehnminütiger Dauer und beschränkten sich nur auf die bisher gewonnenen Erkenntnisse, so wie wir diese schon bestens kennen. Die wichtigsten Fakten wurden auf Prokifolien zusammengefasst präsentiert. Kommissar Max Affolter, der sich in der Zwischenzeit mit aller Liebe und Fachkenntnis eine seiner Lieblingspfeifen gestopft und in Brand gesetzt hatte, genoss es sichtlich, wie gut seine Mitarbeiter diese Präsentation der Arbeit der «Beresina»-Gruppe bestritten. Er stellte mit Genugtuung fest, dass seine engsten Mitarbeiter Emil Klötzli und Paul Märki den andern Gruppen Tips weitergegeben haben mussten, wie sich Affolter eine Präsentation vorstelle. Denn er konstatierte, dass von allen drei Gruppen die verbalen Aussagen wenn möglich immer visualisiert wurden, sei es mit Prokifolien oder Dias. Auch wurden die sichergestellten Gegenstände, so z. B. die Schirmattrappe usw. vorgezeigt.
Polizeidirektor Harzenmoser musste sich eingestehen, dass diese Berichterstattung seiner «Beresina»-Gruppe sich auf präzise Aussagen beschränkte und sehr verständlich wirkte. Er hatte also wieder einmal die richtigen Leute ausgewählt, schmeichelte er sich innerlich!
Es soll hier angetönt werden, dass Harzenmoser Kommissar

Max Affolter und seinen engsten Mitarbeitern früher immer sehr kritisch, ja fast ablehnend begegnet war. Erst der etwa ein Jahr zurückliegende Fall Dr. Nafzger hatte Polizeidirektor Harzenmoser die Qualitäten von Kommissar Affolter so eigentlich erkennen lassen. Harzenmoser war sonst nur für den Einsatz von jungen, unverbrauchten Leuten. Die ältern Jahrgänge der Polizeibeamten fühlten dies genau. Ja, manch einer machte sich sorgende Gedanken für die Zeit, wo er eventuell den stetig steigenden beruflichen Anforderungen nicht mehr gewachsen war. Für diese Beamten war Max Affolter, der ja einer der ältesten von ihnen war, irgendwie ein Trost und eine Hoffnung für die eigene Zukunft.

Die sich jetzt an die drei Kurzvorträge anschliessende Diskussion zeigte, wie wir sehen werden, dass diese Berichte für alle Beteiligten von grossem Nutzen waren und viele Anregungen und Ideen aufkommen liessen. Am meisten Erstaunen hatte das entzifferte Bilderrätsel ausgelöst. Es wurde ganz unbewusst zum zentralen Punkt dieser Diskussion. Alle Gedankengänge nahmen immer wieder Bezug auf diese Aussage: Tod oder Mord – Glaser – Zug – Blumenfrau – Restaurant – Botschaft – Streitwolf. Polizeidirektor Harzenmoser machte schon bald dazu die für ihn charakteristische Bemerkung: «Ich kann mit solch verschlüsselten Botschaften nicht viel anfangen! Zum Glück hat das Opfer nicht Harzenmoser geheissen!» – Da fühlte sich Kommissar Affolter zu Recht herausgefordert, ging ohne etwa seine Pfeife aus dem Munde zu nehmen zur Wandtafel und schrieb mit Kreide gross an: «100 H_2O». Alle lachten von Herzen! Polizeidirektor Harzenmoser glaubte zu verstehen, dass diese Schriftzeichen auf ihn, also Polizeidirektor Harzenmoser, hindeuten sollten. Er war ja seit Jahren ein glühender Verehrer und grosser Bewunderer des genialen Kunstmalers Friedensreich Hundertwasser. Also 100 und die chemische Formel von Wasser ergab den Namen Hundertwasser. Was ihn aber doch ein wenig erstaunte, war die Tatsache, dass alle Anwesenden sofort begriffen hatten, was Affolter so einfach, aber gerissen dargestellt hatte. – Die Antwort auf diese offene Frage sei hier nur für unsere Leser eingestreut. Alle, aber auch alle Angestellten des Polizeidepartements wussten, dass ihr oberster Chef ein fanatischer Hundertwasserverehrer war, denn bei ihnen kursierte seit einer Fasnacht der Spruch:

Polizeidirektor Harzenmoser sei so gerissen, weil er mit hundert Wassern gewaschen sei! Doch nun wieder zurück zu unserer Diskussionsrunde. Polizeidirektor Harzenmoser wies mit Nachdruck darauf hin, dass diese Bilderbotschaft zwar sicher sehr nützlich sein könnte, aber, ob sie wirklich die Bedeutung oder die Aussage beinhalte, die hier vorgetragen worden sei, wäre sehr, sehr fraglich! Deshalb müsste vor allem versucht werden, andere Spuren zu verfolgen. So habe er Kenntnis erhalten, dass Prof. Kaltenbach und sein Bruder eben eine grössere unvorhergesehene Erbschaft gemacht hätten. Da ja Bruno Kaltenbach ertrunken sei, falle jetzt diese ganze Erbschaft ungeteilt an Prof. Kaltenbach. Auf die Frage, warum dann gerade Prof. Kaltenbach die Untersuchung bezüglich des Todes seines Bruders angeregt und ausgelöst habe, gab Harzenmoser die nur teilweise einleuchtende Antwort, dass Prof. Kaltenbach auf diese Weise seine Unschuld am Tode seines Bruders bekunden wollte. Der alte Trick von Kain: «Bin ich denn der Hüter meines Bruders,» neu aufgelegt und der heutigen Zeit angepasst. Es sei im weitern auch denkbar, dass Paul Glaser irgendwie Verdacht geschöpft habe, dass Prof. Kaltenbach beim Tode seines Bruders die Hand im Spiel gehabt haben könnte. Folglich sei für Prof. Kaltenbach nur noch der Ausweg geblieben Paul Glaser zu beseitigen. Das könnte eben bei diesem «Zugsunfall» geschehen sein. Diese Theorie schien auf den ersten Blick hin ganz grotesk zu sein, war aber eben eine Möglichkeit zur Erklärung des Verbrechens an Paul Glaser. Es machte auch irgendwie Sinn, dass Prof. Kaltenbach in einer gewissen Überheblichkeit seinen Mitmenschen gegenüber sich einen pensionierten Polizeibeamten so quasi als Alibi-Untersucher ausgesucht hatte. Dass dann dieser Paul Glaser entgegen den geglaubten Ansichten von seinem Auftraggeber doch auf eine Spur gestossen war, kostete ihm schlussendlich das Leben.
Kommissar Max Affolter paffte inzwischen ganz locker und zufrieden an seiner Pfeife. Jetzt hatten seine Leute einmal die Chance, richtig zu argumentieren. Sie hatten ja soviel Beweismaterial für andere irgendwie glaubhafte Theorien zusammengetragen! Emil Klötzli wies mit Nachdruck darauf hin, dass es doch hochinteressant sei, dass die beiden Duellanten gute Freunde waren und offenbar alles versucht hätten, diese

Botschaft an uns weiterzugeben. Wann und warum wohl hatten sich die beiden entschlossen, uns als quasi ihren Rächern, versteckt diese Information zukommen zu lassen? Andererseits wie nur war es möglich, dass sich die beiden langjährigen Freunde erschossen, nachdem sie uns eine Spur zum Mörder von Paul Glaser aufzeigen wollten? Niemand wusste eine einigermassen sinnvolle Antwort auf alle diese zum Teil widersprüchlichen Fragen. René Lederach und Rolf Burkhart, die ja alle Details zu diesem Duelltod am besten kannten, begannen langsam einzusehen, dass sie eigentlich viel zu wenig Fakten zu diesem Fall präsentieren konnten. – Und so ging es weiter und weiter. Warum haben die beiden Duellanten aus so naher Distanz ca. 5 bis 6 Metern auf einander geschossen, wollte Daniela Müller plötzlich wissen? Wo genau hat man die Pistolenpatronenhülsen gefunden? – Jetzt wurden die Dias vom noch unberührten Tatort mit den Opfern nochmals projiziert. Es war ein grausiger Anblick! Aber nun fiel allen auf einmal folgende Merkwürdigkeit auf: Wieso wurden die Patronenhülsen eigentlich jeweils vorne und auf der linken Seite der Opfer gefunden? Diese Hülsen sollten doch irgendwohin nach hinten und nach rechts von den jeweiligen Schützen ausgeworfen worden sein! Weshalb hatten beide Opfer einen Einschuss im Kopf praktisch zwischen den Augen? – Warum verwendeten sie beide für den ersten und einzigen Schuss diese Spezialmunition? – Warum waren weitere Patronen geladen? Die Pulverschmauchspuren waren eigentlich viel zu deutlich für diese Schussdistanz von rund fünf Metern. Ja, man konnte, wenn man diese Fakten alle in Erwägung zog, fast von der psychologisch eigentlich ganz unsinnigen Annahme ausgehen, dass sich sowohl Johann Hölzel, als auch Peter Bächle jeweils selbst erschossen hätten. Also ein Doppelselbstmord als rätselhaftes Duell aus nächster Nähe getarnt! Das gäbe zumindest eine plausible Erklärung für die so intensiven Schmauchspuren und die Lage der jeweils links vorne statt rechts hinten vom jeweiligen Opfer aufgefundenen Patronenhülsen.
Jetzt war Polizeidirektor Harzenmoser von der Scharfsinnigkeit seiner «Beresina»-Gruppe doch fasziniert! Er wollte auf einmal wissen, ob man auch abgeklärt habe, aus welcher Richtung, und ob allein oder gemeinsam die beiden Duellanten, zur, sagen wir, Richtstätte gekommen wären? Diese Abklä-

rung waren nur rudimentär durchgeführt worden. Mit einem Polizeihund hatte man festgestellt, dass die beiden Opfer miteinander zu dieser Duellstätte gekommen waren. Allerdings hatte man diese Spur nur vom Tatort bis zur nächstgelegenen Strasse zurückverfolgen können. Weitere Zeugen als die beiden spielenden Knaben, welche die beiden Opfer noch kurz vorher gesehen hatten, konnten bisher nicht gefunden werden. Kommissar Affolter hatte seinerseits innerlich schon lange seine berechtigten Zweifel an der Existenz oder dem Vorkommnis dieses für ihn eigentlich unverständlichen Duells. Allerdings hatte er dies bisher strikte für sich behalten, weil er prinzipiell überzeugt war, dass die Wahrheit mit der Zeit immer zu Tage kam. – Der jetzige Verlauf der Diskussion gab ihm nun die Möglichkeit, seine Sicht bezüglich eines Doppelselbstmordes darzulegen. Er legte seine Pfeife behutsam beiseite in den grossen Aschenbecher und wandte sich an die Anwesenden: «Es scheint, dass die beiden Opfer der Nachwelt, also uns hier, mit der verschlüsselten Botschaft ihre Nachforschungsergebnisse im Mordfall Paul Glaser bekanntgeben wollten. Warum taten sie dies erst so kurz vor ihrem Tode und warum nicht im Klartexte sondern verschlüsselt? – Doch weil sie sich irgendwie bedroht gefühlt haben mussten! – Mit grosser Wahrscheinlichkeit dürfen wir annehmen, dass Johann Hölzel und Peter Bächle den Zusammenhang: Tod – Paul Glaser – Blumenfrau – Streitwolf erst erkannt haben, als sie sich in einer ausweglosen Falle befanden. So weit sehe ich noch eine gewisse Logik hinter dem bisher Gesagten! – Wenn die beiden Opfer von einem brutalen Mörder erschossen worden wären, könnten wir dies verstehen! Aber wenn, wie alle unsere Beweise zeigen, kein Dritter im Spiele war, so ist es schwer zu verstehen, dass Johann Hölzel und Peter Bächle sich entweder gegenseitig oder selbst erschossen haben. Nach den bisher zusammengetragenen Beweismitteln dürfen wir von einem Doppelselbstmord ausgehen. Es hat also kein Duell stattgefunden! Wie aber erklären Sie sich, meine Damen und Herren, die Tatsache, dass zwei ehemalige, bewaffnete Polizeibeamte ihre Waffe in der Not gegen sich selbst und nicht gegen ihren – für uns noch unbekannten – Feind verwendet haben?» Kommissar Affolter machte hier eine fragende Pause. Alles war mäuschenstill geworden. Kommissar Affolter griff jetzt wieder zu seiner in der Zwischenzeit längst erloschenen Pfeife und schloss: «Dies meine Damen und Herren, kann ich einfach nicht verstehen!»

Rolf Burkhart gab jetzt als vorher nicht erwähntes Detail bekannt, dass bei der Autopsie der beiden Opfer keine psychotropen Substanzen nachgewiesen worden seien. Folglich musste es als erwiesen angesehen werden, dass die Opfer nicht unter dem Einfluss von Drogen standen, obwohl sie sich eigentlich so benommen hatten, als seien sie ihrer fünf Sinne nicht mehr mächtig gewesen.

Für alle Beteiligten war die Theorie eines Doppelselbstmordes gelinde gesagt mysteriös. Paul Märki wies darauf hin, dass bei einem Duell eigentlich jeder normalerweise mit dem Tode des Gegners und dem eigenen Überleben rechne. Weshalb hätten in diesem Falle beide Opfer die rätselhafte Botschaft: «Tod – Glaser – Zug – usw.» auf sich getragen? – Diese Bemerkung war zwar für alle einleuchtend, aber das Rätsel dieses Duells wurde dadurch kein bisschen gelöst oder doch? – Für die beiden jungen Polizeiassistentinnen war dieses rätselhafte Duell vielleicht noch unverständlicher als für die Männer der Diskussionsrunde. Eigentlich war dies klar, wenn man bedachte, wieviele hoffnungsvolle junge Männer in früheren Zeiten den Duelltod für eine ihnen begehrenswerte Frau riskierten! – Doch zurück zu unserer Diskussion. Harzenmoser wollte jetzt mögliche Motive für so einen scheinbar unverständlichen Doppelselbstmord hören. Keinem der Anwesenden fiel spontan irgendwie ein stichhaltiges Motiv ein.

Den Lesern sei hier verraten, dass jeder Mafiosi hier 5 bis 10 plausibel erscheinende Motive hätte aufzählen können. Ein Mafiaboss hätte es bestimmt auf 50 jedem im nachhinein einleuchtende Gründe gebracht. Beispiele für solche Erpressungen brauchen wir keine aufzuführen. Der Grausamkeit der menschlichen Phantasie waren, wie die Eingeweihten seit jeher wussten, keine Grenzen gesetzt. Zum Glück waren solche Vorstellungen für die Mitglieder der «Beresina»-Gruppe im wahrsten Sinne des Wortes unvorstellbar!

Im Verlaufe der weitern Diskussion wurde berichtet, dass diese SBB-Dienstmütze, welche ja von Stefanie Jäger gefunden und vom hutsammelnden Paläontologie-Studenten postlagernd an Herrn Werner Meier auf die Bahnpost geschickt

worden war, dort gar nie abgeholt worden war. Nach einem Monat wurde das nicht abgeholte Paket ordnungsgemäss wiederum an Markus Schmid zurückgesandt. Dort wurde es dann eines Abends unmittelbar nach einem sehr kurzen Telefonanruf von einem unbekannten Manne, der sich als Werner Meier vorgestellt hatte, abgeholt. – Wo war diese Dienstmütze der Grösse 63 jetzt? War es überhaupt noch wichtig, dieses so gut beschriebene Indiz sicherzustellen? Eigentlich genügten doch die von Markus Schmid gemachten Angaben vollauf. Wenn man diese Dienstmütze allerdings in Händen gehabt hätte, wäre es für das Polizeilabor sicher möglich gewesen, weitere wichtige Hinweise über den Träger – wie zum Beispiel ein Haar – zu finden. Ein Haar genügte heutzutage, um auf Grund der darin enthaltenen Spurenelemente mit Neutronenaktivierungsanalyse den ehemaligen Träger absolut zu identifizieren, sofern dieser nicht, ganz raffiniert, seine Essensgewohnheiten inzwischen drastisch verändert hatte. Ferner waren mit Hilfe der modernsten Analysenmethoden auch unter Einschluss mikrobiologischer Bestimmungen noch weitere Identifizierungsmöglichkeiten eines ehemaligen Trägers dieser SBB-Dienstmütze denkbar.
Für den jetzigen Moment ist es noch erwähnenswert, dass Daniela Müller nichts bezüglich des von der Blumenfrau gefundenen Briefumschlages anlässlich ihres so unvergesslichen Nachtessens mit Franz Streitwolf im Hotel Drei Könige weitererzählt hatte.
Das erste Treffen der berichterstattenden «Beresina»-Gruppe wurde mit dem uns allen hier bekannten Wissensstand beendet. Kommissar Affolter sagte, dass die Aufgaben und Aufträge an die drei Untergruppen A, B und C dieselben wie bisher blieben, und dass man sich – sofern nichts Unvorhergesehenes eintrete – in zwei Wochen wieder zu einem gemeinsamen Wissensaustausch treffen wolle. Er liesse sich wieder, wie bisher, täglich von den einzelnen Gruppen kurz informieren. Kommissar Affolter versäumte es auch nicht, allen Mitarbeitern für ihren grossen Einsatz und ihre so wertvollen Ermittlungsergebnisse zu danken!
Claudia Denner und Daniela Müller trafen sich noch am selben Abend zu einem privaten Nachtessen in einem für italienische Spezialitäten bekannten Restaurant in der Nähe der Mu-

stermesse. Sie wollten sich wieder einmal einen gemütlichen und unbeschwerten Abend bei einer köstlichen Pizza und einer Flasche so bekömmlichen Merlot leisten. Die anstrengenden Nachforschungen der letzten zwei Wochen hatte ihnen kaum Zeit gelassen, sich ein wenig zu zerstreuen. Claudia Denner, die auch handwerklich sehr begabt war, verfertigte in ihrer Freizeit mit grosser Liebe wundervolle Stoffpuppen von ganz unterschiedlicher Grösse. – Daniela Müller, die natürlich bestens um dieses künstlerische Hobby wusste, fragte ihre Berufskollegin, ob sie die eben eröffnete Puppenausstellung im Pavillon beim Spielzeugmuseum in Riehen an der Baselstrasse etwa schon gesehen hätte? Sie selber habe sich nach einem Besuch im nahegelegenen Katzenmuseum dieses Vergnügen kürzlich geleistet. Es seien wirklich herrliche Puppen zu sehen! Die mit grosser Kunstfertigkeit angefertigten Puppenkleider aus vielen alten Stoffen und zierlichen Spitzen beweise, dass hier kein Geduldsproblem seitens der Kundin bei der Anprobe vorliegen könne. Auch sei dadurch der stilsichere Geschmack dieser Puppenkünstlerin voll und kompromisslos zur Geltung gekommen. Die vielen zierlichen Miniaturmöbelchen und weiteren Utensilien – wie Nähmaschinchen, Kochherd, Alphorn usw. liessen manches noch jung gebliebene Herz vor Begeisterung immer wieder höher schlagen.

Claudia Denner zeigte sich verständlicherweise sehr interessiert. Sie kannte das Riehener Spielzeugmuseum noch nicht und fragte, ob diese Ausstellung im sogenannten Cagliostro-Pavillon zu sehen wäre. – Nein, nein, dieser Ausstellungspavillon sei unmittelbar beim Wettsteinhaus, also dem Spielzeugmuseum. Daniela Müller fragte nun ihrerseits: «Du, Claudia, was hat dies eigentlich für eine Bewandtnis mit diesem Cagliostro-Haus? Es soll, glaube ich, irgendein Hexenmeister gewesen sein, der einst dort gewohnt hat?» – Claudia Denner, die offenbar zu diesen Thema etwas mehr wusste, begann: «Also Daniela, Cagliostro war schon in frühester Jugend in Palermo auf Sizilien als ‹Figlio d'un cane› bekannt. Es hiess auch, er sei imstande Brillanten zu vergrössern und die Masse des Goldes zu verzehnfachen. Dies alles dank seines kabbalistischen Wissens. Heute könnte er bestimmt die richtigen Gewinnzahlen beim Zahlenlotto voraussagen. Er hat sich als Graf Alessandro Cagliostro ausgegeben, aber eigentlich hat er Giuseppe

Balsamo geheissen. Von den Augen dieses Mannes muss, wie von Zeitgenossen berichtet wurde, eine rätselhafte verwirrende Macht ausgegangen sein! - Ich habe einmal gehört, dass ihm eine uralte Zigeunerin, als sie gemeinsam in einem Gefängnis in Palermo sassen, in jungen Jahren geweissagt habe, dass er mit seinem fanatischen Willen durch die Augen in die fremden Seelen eindringen könne und ihnen so das Hirn quasi aussaugen könne, so dass diese Leute alles täten, was er von ihnen verlange.» - Jetzt fuhr Daniela Müller blitzschnell dazwischen: «Du, Claudia, Du bringst mich auf einen Gedanken! Dieser Graf Cagliostro war, wie wir heute sagen, sicher eine Art Hypnotiseur. Aber das ist es nicht, was ich Dir jetzt unbedingt sagen will, ja sagen muss! Was meinst Du zu einem Hypnotiseur, welcher Peter Bächle und Johann Hölzel hypnotisierte und so zum Doppelselbstmord gezwungen haben könnte?» - Der Gedanke war faszinierend! Ja, das wäre eine ganz raffinierte, sensationelle und erst noch unverdächtige Mordmethode! Die beiden Polizeiassistentinnen hatten fortan den Grafen Cagliostro ganz vergessen! Sie waren innerlich so aufgewühlt, dass sie sich kaum mehr zurückhalten konnten in ihrem gegenseitigen stürmischen Gedankenaustausch, so tief beeindruckt waren sie von der ihnen plötzlich zugefallenen Erklärung zu diesem rätselhaften Duell.

Die beiden Polizeiassistentinnen hatten jetzt nur den einen Wunsch, so rasch wie möglich ihre aufregende Erkenntnis Kommissar Affolter zu eröffnen. Sobald sie also den letzten Bissen ihrer so schmackhaften Pizza zu sich genommen hatten, verlangte Daniela Müller die Rechnung, während Claudia Denner mit Kommissar Affolter telefonieren ging. - Obwohl es schon nach 21 Uhr war, bat sie diesen, ob sie beide ihn heute abend noch sprechen könnten. Es sei eine ganz wichtige Angelegenheit. Kommissar Affolter erklärte sich bereit, zu einem Treffen im für ihn so nahe gelegenen Spiegelhof. In einer Viertelstunde werde er dort sein und sie beide bei sich im Büro erwarten. Kommissar Affolter wohnte seit vielen Jahren am Totengässlein Nr. 1 und konnte von dort jederzeit in weniger als einer Minute den nahe gelegenen Spiegelhof erreichen.

Nach rund 20 Minuten waren Claudia Denner und Daniela Müller mit dem Tram Nr. 6 von der Mustermesse her kommend, ebenfalls im Spiegelhof im Büro ihres Chef eingetroffen. Kommissar Affolter liess sich, wie gewohnt gemütlich seine Pfeife rauchend, mit Interesse die Theorie der beiden Polizeiassistentinnen erläutern. Es schien auch ihm tatsächlich einleuchtend, dass es eine durchaus denkbare Möglichkeit war, dass Peter Bächle und Johann Hölzel im Zustand der Hypnose Selbstmord begangen hatten. Ein Selbstmord, der vom Hypnotiseur quasi als Duell arrangiert worden war. Diese Theorie bot für viele Einzelheiten des bis jetzt bekannten Sachverhaltes eine denkbare Lösung. So zum Beispiel war jetzt zu verstehen, dass die Munition so gewählt wurde, dass – wie wir wissen – in jedem Fall der erste Schuss tödlich sein musste. Es konnte ja bei diesem als Duell getarnten Selbstmord mit jeweiligem Kopfschuss von vornherein keinen Überlebenden geben!

Kommissar Affolter erinnerte sich, dass er vor vielen Jahren – noch in seiner Ausbildungszeit – gehört hatte, dass es nicht möglich sei, dass ein Hypnotisierter eine Tat, sagen wir ganz klar, ein Verbrechen, gegen andere begehen konnte, welches er im bewussten, seiner selbst mächtigen Zustand nicht auch begehen würde! – Allerdings musste er sich eingestehen, dass ihm kein Fall bekannt war, von dem er sagen könnte, dass ein Selbstmord unter Hypnose nicht möglich wäre. Er musste da an einen grauenhaften Massenselbstmord von vielen Anhängern einer religiösen Sekte denken, welcher vor noch nicht langer Zeit auf einem andern Kontinent stattgefunden hatte.

Kommissar Affolter teilte seine eben gemachten Gedanken uneingeschränkt den beiden Polizeiassistentinnen mit. – Alle drei glaubten nun, dass damit wirklich eine plausible Erklärung für den als Duell getarnten Doppelselbstmord der beiden pensionierten Polizeibeamten gefunden worden sei. Kommissar Affolter kamen jetzt wieder Fälle zum Bewusstsein, wo ein unter Hypnose stehender Mensch furchtlos mit Giftschlangen hantierte oder sogar mit blosser Hand ins kochende Wasser griff, um hartgesottene Eier herauszunehmen. Allerdings verbrühte sich letzterer grauenhaft die Finger.

Als die beiden Mitarbeiterinnen nach Hause gegangen waren, entschloss sich Kommissar Affolter, bedächtig seine Pfeife rauchend, sich alles nochmals in aller Ruhe durch den Kopf gehen zu lassen, um im Verlaufe des morgigen Tages der ganzen «Beresina»-Gruppe diesen begründeten Verdacht bekanntzugeben. Es gab für ihn noch einen weiteren Grund für das morgige «Beresina»-Treffen. Denn zum erstenmal hatte er von dem Vorfall im Hotel Drei Könige vernommen, bei welchem die Blumenverkäuferin, wie wir wissen, Herrn Streitwolf gefragt hatte, ob er dieses Couvert, das da am Boden liege, verloren habe. Die beiden Polizeiassistentinnen hatten ihm nämlich erzählt, dass eine Blumenverkäuferin gerade in dem Momente das italienische Spezialitäten-Restaurant betreten habe, als sie es verliessen. Daniela Müller habe sofort wieder die so unsympathische Blumenverkäuferin erkannt, von welcher ihr Herr Streitwolf vor gut zwei Wochen die schönen Rosen gekauft habe. Allen dreien war dabei die rätselhafte Botschaft, welche die beiden erschossenen Detektive als einfache Zeichnungen auf sich trugen: Tod – Glaser – Zug – Restaurant – Blumenfrau – Botschaft – Streitwolf, sofort in Erinnerung gekommen. Kommissar Affolter wusste jetzt, dass er diese Blumenverkäuferin ausfindig machen und dann beschatten lassen musste. Dies wollte er beim morgigen «Beresina»-Treffen in die Wege leiten.

Gegen Feierabend des folgenden Tages gab sich Kommissar Affolter, bevor er nach Hause ging, noch kurz Rechenschaft über die wichtigsten Vorkommnisse des vergangenen Arbeitstages. Als erstes liess er kurz das heutige «Beresina»-Treffen Revue passieren. Alle seine Mitarbeiterinnen und Mitarbeiter waren jetzt informiert über die Hypothese mit dem Doppelselbstmord unter Hypnose! Dann wussten alle, dass er die erst gestern von Daniela Müller erwähnte Blumenverkäuferin mit Priorität ausfindig machen wollte. Anschliessend beabsichtigte er, diese vorläufig Tag und Nacht überwachen zu lassen. Er hatte ganz bewusst diesen Auftrag an Emil Klötzli delegiert. Zur Lösung seiner Aufgabe hatte er ihm noch weitere Leute zugeteilt, welche er der Wichtigkeit der Umstände entsprechend kurzfristig bei Polizeidirektor Harzenmoser angefordert hatte. Soviel zum Thema «Beresina»-Treffen.

Dann dachte Max Affolter mit ganz gemischten Gefühlen an den unvorhergesehenen Besuch eines jungen, sehr gediegen wirkenden Privatdetektivs. Dieser gab an, dass er ihn im Auftrage der Versicherungsgesellschaft Ziswiler sprechen wollte. Er erklärte dann, dass er beauftragt sei, abzuklären, ob alles mit rechten Dingen zugegangen sei bei der besagten Ferienreise von Bruno Kaltenbach, weil in einem eventuellen Falle eines Ablebens von Bruno Kaltenbach auf dieser Ferienreise die Werbeagentur Ackermann als einzig Begünstigte aufgeführt sei. Er müsse zugeben, dass soweit er dies bei ihrem Versicherungsagenten herausgefunden habe, alles mit rechten Dingen zugegangen sei. Die Versicherungssumme von 250 000 Franken sei schon zuvor an die Werbeagentur Ackermann ausbezahlt worden. Er hätte erst auf Veranlassung einer versicherungsinternen Kontrollstelle diese Abklärungen vorgenommen. Dies war an und für sich noch nichts Aussergewöhnliches. Aussergewöhnlich war allerdings, dass dieser Privatdetektiv Kommissar Affolter fast hinterhältig fragte, ob er wisse, dass in den letzten beiden Jahren sieben Schweizer, genau sieben Männer, welche in der Region Basel gewohnt hätten, und welche eine Ferienreise nach der Insel Mauritius gewonnen hätten, dort im Meere ertrunken seien? Also sechs andere Personen seien vor Bruno Kaltenbach anlässlich ihrer gewonnenen Ferienreise ertrunken! In allen diesen Fällen habe jeweils die Werbeagentur Ackermann im Namen eines ihrer Kunden diese Reise nach Mauritius offeriert. Wie er jetzt wisse, sei in jedem dieser Fälle eine Todesfall-Ferienversicherung, allerdings immer wieder bei einer andern Versicherungsgesellschaft, abgeschlossen und auch ausbezahlt worden. Die Begünstigten seien aber ganz verschiedene Personen gewesen. Einmal sei dies sogar eine hausierende Blumenverkäuferin gewesen, welche ganz bestimmt nicht einmal gewusst habe, was sie mit einer so enormen Geldsumme auch nur machen müsse. Bei der Erwähnung dieser Strassenverkäuferin hatte Kommissar Max Affolter innerlich sofort geschaltet, sich aber nicht das geringste Interesse anmerken lassen. Der irgendwie gerissen wirkende Privatdetektiv übergab Kommissar Affolter sogar eine Liste mit den Namen der sieben Ertrunkenen, sowie den jeweils begünstigten Personen. Die einzelnen Reisebüros und Versicherungsgesellschaften seien ihm zwar bekannt, doch habe er nur die Versicherungsgesellschaft Ziswiler im Falle Bruno Kaltenbach preisgegeben. Kommissar Max Affolter kam so ganz unerwartet und auf die einfachste Art zum Namen und der Adresse dieser begünstigten Blumenfrau. War dies etwa die von der «Beresina»-Gruppe seit heute gesuchte Blumenverkäuferin?

Sobald der Privatdetektiv sich verabschiedet hatte, liess Affolter Emil Klötzli rufen und weihte ihn ein. Dann gab er ihm den Auftrag, sich so rasch wie möglich eine Foto der vom Privatdetektiv erwähnten Blumenverkäuferin zu beschaffen, um so mit Hilfe von Daniela Müller oder auch Claudia Denner diese Blumenverkäuferin zu identifizieren. Wenn die Identität mit der Blumenverkäuferin aus dem Hotel Drei Könige sichergestellt sei, dann wünsche er ihm nur noch viel Erfolg bei der Überwachung! Mit Genugtuung erinnerte sich Kommissar Affolter jetzt noch an die supereilige Verabschiedung von Emil Klötzli, der kaum warten konnte, diese Spur aufzunehmen und zu verfolgen.
Kommissar Affolter war mit dem heutigen Tage sehr zufrieden! Von dieser spektakulären Wendung der Dinge im vorliegenden Untersuchungsfalle hätte er vor 24 Stunden kaum zu träumen gewagt. Er sah jetzt mit grosser Erleichterung das sichere Näherrücken einer Aufklärung aller dieser schrecklichen Morde. Das Leben hatte ihn gelehrt, in den Momenten, wo das zu erreichende Ziel schon sicher in Aussicht zu stehen schien, immer besonders vorsichtig zu sein, um ja nicht in einer abenteuerlichen Euphorie zu handeln. Das Sprichwort: «Lorbeer betäubt» war hier seine Maxime. Doch wusste er jetzt mit Sicherheit, dass die «Beresina»-Gruppe die Spur zu dem oder den Mördern aufgenommen hatte. Befriedigt dachte er an das in Basler Polizeikreisen geltende Axiom: Ein Max Affolter lässt sich nicht mehr von einer aufgenommenen Spur abschütteln. Für seine fast übermenschliche Hartnäckigkeit in der Verfolgung einer Fährte war Kommissar Max Affolter mindestens Olympiaklasse! Die zahlreichen, von ihm schon überführten Verbrecher wussten dies im nachhinein alle. Da gab es keine im Sande verlaufende Spuren, wenigstens war dies so bis heute. Auch Polizeidirektor Harzenmoser wusste dies! Der Name «Beresina»-Gruppe war ja seine Idee gewesen und drückte alle seine persönlichen Gefühle Kommissar Affolter gegenüber, in einem Worte zusammengefasst, besser aus, als man dies mit zehn Sätzen hätte sagen können!
Am nächsten Morgen war Kommissar Max Affolter schon kurz nach sechs Uhr in seinem Büro bei der Arbeit. Er hatte jetzt die Liste mit den Namen der sechs weiteren bei Mauritius ertrunkenen Männer vor sich. Eine Kopie dieser Liste hatte er

schon ins Kontrollbüro gegeben mit der Bitte, ihm so rasch wie möglich die persönlichen Daten dieser Männer zu beschaffen. Dann hatte er zugleich auch Erkundigungen über den Inhaber der Werbeagentur Ackermann angefordert. – Jetzt in der Zwischenzeit, quasi um diese Wartezeit zu überbrücken, las er einen kurzen Artikel über Hypnose. Er hatte sich diesen Übersichtsartikel aus der Kriminalbibliothek ausgeliehen. Er fand darin eigentlich keine Tatsache beschrieben, welche ihm im Prinzip nicht schon bisher bekannt gewesen war. Über Posthypnose gab es, was er auch schon wusste, ganz geteilte Meinungen. So stand fest, dass bei Versuchen, bei welchen Kontrollgruppen alle Tage eine Postkarte aus den Ferien an eine bestimmte Adresse zu senden hatten, sich kein signifikanter Unterschied ergab. Das hiess, dass praktisch ebensoviele Versuchspersonen, welche nicht hypnotisiert waren, es nicht vergassen, diese Karte zu senden. Kommissar Affolter zweifelte diese Untersuchungen an, weil ihm die Versuchsbedingungen zu einfach gewählt vorkamen. Dabei erinnerte er sich wieder an seine Schulzeit, wo der eine seiner Mitschüler andere Mitschüler zum Scherze hypnotisiert hatte. Das war jeweils so vor sich gegangen: «Schau mir fest in die Augen, ganz fest, noch fester! Öffne den Mund, weiter öffnen, noch weiter und noch weiter! Schliesse jetzt die Augen und öffne den Mund noch weiter! Jetzt kannst Du den Mund nicht mehr schliessen!» – In diesem Momente jeweils griff dieser Mitschüler dem jetzt hypnotisierten Kameraden ans Kinn und versuchte diesem den Mund zuzudrücken, was aber nicht mehr gelang. Dann liess er ihn die Augen wieder öffnen. Den Mund musste er anfangs immer noch offen behalten. In diesem Zustande vollführte er dann alle die bekannten Kunststücke. Also er liess sein Opfer Flöhe oder Läuse haben und jedermann freute sich, wie sich der arme Kerl überall kratzte und sich von seinen nicht existierenden Plaggeistern befreien wollte. – Mit der Zeit hatte dieser Schulkamerad aber auch Kunststücke mit angewandter Posthypnose durchgeführt. So dass dieser hypnotisierte Schüler in einer vorher gewählten späteren Schulstunde – ohne dass er etwas davon wusste – wie er uns nachher erzählte, plötzlich aufgestanden ist, zum Lehrer vors Pult hintrat und diesem das Heft, aus welchem er gerade vorlas, aus den Händen riss. – Wenn er, Max Affolter, jetzt mit grossem zeitlichem

Abstand zwar an diese Erlebnisse aus seiner Schulzeit zurückdachte, so musste er sich eingestehen, dass er aus eigener Anschauung annehmen durfte, dass auch ein Verbrechen gegen andere im Zustand der Hypnose durchführbar war. Ganz sicher lag somit auch ein Selbstmord im Bereiche des Erklärbaren.
Kommissar Affolter wurde aus seinen Erinnerungen an die ferne Jugendzeit jäh wieder in die Wirklichkeit zurückversetzt, als er die Unterlagen von den sechs Ertrunkenen aus dem Kontrollbüro zugestellt erhielt. Mit fieberhafter Erregung versuchte er, die ihm jetzt vorliegenden Daten zu deuten. Er hatte es sich in den Kopf gesetzt, dass es bei den Daten und Angaben über diese Männer irgend etwas Gemeinsames, d.h. für alle Gültiges geben müsse. Denn in seinen Überlegungen ging er davon aus, dass es eine logische Verbindung zwischen den einzelnen Ertrinkungsopfern geben müsse. Bei diesem Erklärungsversuch hielt er sich an folgende Gedankengänge. Also einmal waren es alles Männer, alle noch relativ jung, alle militärdienstpflichtig, keiner war verheiratet, keiner hatte Geschwister, die Eltern von allen diesen Männern waren schon seit mindestens zwei Jahren gestorben. Das hiess ganz klar, dass alle diese Opfer von irgend einem menschlichen Scheusal nach diesen und eventuell noch weiteren Kriterien ausgesucht worden waren. Wenn man Bruno Kaltenbach in einen Vergleich mit diesen sechs Opfern einbezog, so unterschied er sich bis jetzt einzig darin, dass er nicht geschwisterlos war, sondern – wie wir ja wissen – einen Bruder hatte.
Kommissar Affolter war, immer wieder zufrieden an seiner Pfeife paffend, so tief in Gedanken versunken und mit dem Verfolgen von Sinn machenden Einfällen bei diesem Puzzle beschäftigt, dass er erst im letzten Moment bemerkte, wie Fräulein Höfler, seine langjährige Sekretärin, ihm den auf 10 Uhr angemeldeten Besuch von Hans Regenass und Fritz Bürgi ankündigte. Er freute sich, diese beiden pensionierten stillen Mitarbeiter der «Beresina»-Gruppe zu treffen. Es war schon eine Glückssache, wenn man geistig und körperlich noch so gesund und unternehmungslustig den Lebensabend verbringen konnte. Ohne lange Umschweife erklärten ihm die beiden Besucher, dass sie festgestellt hätten, dass Herr Marcel Ackermann, der Inhaber der bekannten gleichnamigen Werbeagen-

tur, ein Mann mit einer ganz enormen Kopfgrösse sei. Sie hätten natürlich sofort an die im Mordfalle Paul Glaser von Kindern aufgefundene SBB-Dienstmütze mit Grösse Nr. 63 denken müssen. Kommissar Affolter vernahm diese interessante Tatsache zum erstenmal. Er wollte der Sache nachgehen. Die fragliche SBB-Dienstmütze war ja immer noch in Händen eines sich als Werner Meier ausgebenden Individuums.
Als Hans Regenass und Fritz Bürgi von Kommissar Affolter im Verlaufe des weiteren Gespräches erfuhren, dass im Todesfalle von Bruno Kaltenbach dieser Herr Marcel Ackermann von der Versicherungsgesellschaft Ziswiler 250 000 Franken, als alleine und einzig Begünstigter in einem Todesfalle von Bruno Kaltenbach während der Ferienreise nach Mauritius, erhalten hatte, war für diese beiden kaum mehr an der Tatsache zu zweifeln, dass Marcel Ackermann der Mörder ihres ehemaligen Freundes Paul Glaser sein musste! Ein grimmiges Aufblitzen ihrer Augen, einem Wetterleuchten gleich, zeigte Kommissar Affolter, dass diese beiden treuen Freunde in Marcel Ackermann den vermeintlichen Mörder von Paul Glaser, Peter Bächle und Johann Hölzel sahen. – Max Affolter wusste, dass alles im Leben nie so einfach war, wie es auf den ersten Blick jeweils aussah.
Als er Hans Regenass und Fritz Bürgi verabschiedete, meinte er wohlwollend: «Also Kameraden, ich danke Euch für Euern einmaligen Einsatz und Eure so wertvolle Mithilfe bei den bisherigen Abklärungen im Mordfalle Eurer drei Freunde. Ihr dürft jetzt aus Eurer Sicht den Fall als für Euch erledigt betrachten. Ihr seid ja schon lange pensioniert! Die weiteren Abklärungen dürft Ihr jetzt ruhig uns aktiven Polizeibeamten überlassen! Natürlich bin ich auch künftig jederzeit gerne bereit, Anregungen von Euch entgegenzunehmen. Auf Wiedersehen und noch einen recht schönen Tag.»
Kommissar Affolter gab sich hinterher Rechenschaft, dass er seine beiden ehemaligen Arbeitskameraden sicher ein wenig enttäuscht hatte. Gerade im jetzigen Moment, wo es anfing spannend zu werden und eine aufregende Jagd nach dem aufgespürten Mörder begann! Allerdings wusste er, dass die beiden ehemaligen Beamten auch ganz genau wussten, dass ihr Einsatz, wie derjenige aller Nicht-Polizisten, begrenzt war.
Hans Regenass und Fritz Bürgi ihrerseits besprachen sich

noch bei einem Rundgang durch den Zoologischen Garten, wo sie sich nur von Tieren beobachtet fühlten. Sie hatten beide zwar grosses Vertrauen in die Fähigkeiten von Kommissar Max Affolter, aber in diesem Falle hätten sie an dessen Stelle Marcel Ackermann sofort einmal verhört, und zwar scharf verhört! Als Trost sagten sie sich, dass ja alles seinen Weg gehen werde. Früher oder später würde dieser Marcel Ackermann sicher als Mörder ihrer Freunde entlarvt werden!
Kommissar Affolter hatte sich jetzt wiederum ganz in die Liste mit den Angaben der sechs während eines Ferienaufenthaltes auf Mauritius ertrunkenen Männer vertieft. Alle sechs waren ganz unbescholtene Leute. Sie hatten alle einen Beruf und waren einer geregelten Arbeit nachgegangen. Er machte sich immer wieder die gleichen Gedanken. Jeder hatte einen anderen Beruf! War dies etwa von irgendeiner Bedeutung? Er konnte es sich nicht vorstellen. – Ganz ausnahmsweise entschloss er sich, jetzt nähere Erkundigungen bei eventuellen ehemaligen Bekannten oder Dienstkameraden dieser sechs Verstorbenen selbst einzuziehen.
Als Folge davon war Kommissar Affolter während der nächsten Woche praktisch dauernd unterwegs. Seine so verständige Gattin fing an, ihm Vorwürfe zu machen, weil er keinen Abend vor Mitternacht nach Hause kam und dieses in aller Frühe am Morgen jeweils wieder verliess. Was Max Affolter bei seinen ganz persönlichen Abklärungen herausfand, behielt er vorläufig absolut für sich. Hatte er eventuell gar nichts Bedeutungsvolles entdeckt oder hatte er andererseits einen gewissen Zusammenhang zwischen den sechs Opfern bemerkt?
Der fast übermenschliche Einsatz von Kommissar Affolter während dieser Woche deutete allerdings eher darauf hin, dass er irgendeine Verkettung von zusammenhängenden Umständen entdeckt haben musste. – Einem sehr, sehr guten Beobachter, wie dies Frau Affolter war, musste auffallen, dass ihr Mann nicht mehr so unbeschwert seine geliebten diversen Pfeifen stopfte und in Brand setzte. Er schien bei dieser Zeremonie nicht mehr so uneingeschränkt bei der Sache zu sein, wie dies ein Leben lang bis vor einer Woche noch der Fall war. Auch Emil Klötzli und Paul Märki war dieser Sachverhalt aufgefallen. Sie fragten ihren Chef deshalb einmal ganz unvermittelt, aber wie vorher unter sich vereinbart, ob er am Rauchen

nicht mehr die gleiche Freude hätte, wie bis vor kurzem? – Kommissar Max Affolter schaute sie daraufhin nur lange forschend und irgendwie bedeutungsvoll an. Er beantwortete aber die an ihn gerichtete Frage nicht. Seine langjährigen Mitarbeiter wussten, dass sie ihm diese Frage vorläufig nicht mehr stellen mussten!

Am folgenden Tage regnete es in Strömen. Kommissar Affolter war froh, dass er diesen Tag – wie vorausgeplant – vollumfänglich in seinem Büro verbringen konnte. Nach den so anstrengenden Untersuchungen der letzten Woche hatte er für sich quasi einen Spezialtag zum Studium der umfangreichen Akten bezüglich Marcel Ackermann, welche er in der Zwischenzeit ebenfalls vom Kontrollbüro erhalten hatte, eingeplant.

Er hatte sich – seine Lieblingspfeife rauchend – auf einen bequemen Besucherstuhl in seinem Büro zurückgezogen. Das Telefon hatte er umgestellt. Jetzt wollte er nur in den allerdringendsten Fällen gestört werden. Das Dossier von Herrn Marcel Ackermann war ungewöhnlich dick. Er wusste also schon zum vornherein, dass Marcel Ackermanns Vergangenheit der Polizei oder den Behörden nicht unbekannt sein musste. Aus dem Bericht ging hervor, dass Marcel Ackermann aus der Zentralschweiz stammte. Er hatte noch zwei vier Jahre jüngere Zwillingsbrüder. Seine Mutter war mit diesen drei Kindern, als Marcel neun Jahre zählte, quasi über Nacht, von ihrem Gatten verlassen worden. Man munkelte, dass sich Vater Ackermann Mitte der fünfziger Jahre mit einer jungen Frau aus der Region Basel nach Paris davongemacht habe. Die verlassene Frau Ackermann versuchte, das kleine Bauernwesen mit Hilfe ihrer drei noch kleinen Söhne so gut wie möglich weiter zu bewirtschaften. Trotz fast übermenschlichem Einsatz gelang es ihr aber nicht, das Heimwesen ohne stetig steigende Verschuldung weiterhin als Eigentum zu behalten. Ein kinderloser Onkel von Frau Ackermann, welcher bei den SBB arbeitete, hatte mit seinem bescheidenen Lohn der armen vaterlosen Familie, so gut er konnte, zu helfen versucht. Aber vergebens! Als Marcel dreizehn Jahre alt war, wurde der Hof dann gepfändet und zur Versteigerung ausgeschrieben. Der halbwüchsige Marcel hatte sich damals, ohne das Wissen seiner Mutter, zusammen mit seinen beiden neunjährigen Brüdern in

den obersten Teil der jetzt praktisch leerstehenden Scheune zurückgezogen. Die drei Jungen hatten sich dort verschanzt und wollten auf ihre Art der Mutter helfen, den Hof zu bewahren! – Als dann der Gerichtsvollzieher die Versteigerung des Hofes vornehmen wollte, warf Marcel aus seinem erhöhten Versteck mit Steinen nach diesen Leuten. Seine jüngeren Zwillingsbrüder reichten ihm diese, stumm aber mit leuchtenden Augen, aus einem schon lange vorher zu diesem Zwecke heimlich angelegten Lager. Marcel Ackermann traf mit unheimlicher Präzision mit seinen aus dem sichern Hinterhalt geworfenen Geschossen. Er traf den Gerichtsvollzieher hart am Kopfe, den Lehrer und den Pfarrer voll am Oberkörper. Erst dann wurde der Schütze in seinem Hinterhalt entdeckt! Aber das tat für den Jungen nichts zur Sache, jetzt steigerte er seine Wurftätigkeit bis an die Grenzen des nur Möglichen. Die Gantversammlung löste sich panikartig auf, und jedermann begab sich ausser Schussweite in die vermeintliche Sicherheit. Doch der verzweifelte Schütze griff nun, wie für diesen Fall vorgesehen, zu seiner Hirtenschleuder. Er wechselte jetzt seine Wurfgeschosse gegen kleinere Kiesel und schleuderte diese mit derselben Geschicklichkeit in die erboste Menschenmenge. Dieser half nur noch ein weiterer Rückzug. Der Dorfpolizist versuchte vergebens die drei Brüder zur Aufgabe zu zwingen. Nur der Mutter gelang es, ihre wilden Söhne zur Vernunft zu bringen. Dem von den Blessierten eiligst herbeigerufenen Dorfarzt verdankte Marcel Ackermann vielleicht sein Leben. Denn dieser stellte sich während der Verarztung der Opfer schützend vor den 13jährigen Marcel Ackermann, als der erboste Mob den jungen Schützen zusammenschlagen wollte.
Kommissar Affolter musste jetzt beim Lesen dieses schon längst verflossenen traurigen Vorkommnisses fast ein wenig schmunzeln. Ein halbwüchsiger Sohn meint voll im Recht zu sein, wenn er mit gefährlichen und untauglichen Mitteln in Selbstjustiz für die Existenz seiner nächsten Angehörigen kämpft. Diese heute veraltete Gerechtigkeitsauffassung mochte noch zur Zeit des Faustrechtes gegolten haben, aber mit der Weiterentwicklung der menschlichen Gesellschaft war diese primitive Reaktion doch überwunden worden oder etwa nicht? Dabei erinnerte er sich immer wieder an die Aussprüche, welche er als Junge während des zweiten Weltkrieges von

der Aktivdienstgeneration in der glücklicherweise vom Kriegsgeschehen verschonten Schweiz zu hören bekommen hatte. In diesen Aussprüchen kam immer wieder eine barbarische Wut zum Ausdruck, die ganz klar zu verstehen gab: «Genfer Konvention hin oder her, ich werde nie Kriegsgefangene machen!» – Waren diese Aussprüche wohl wahr oder war es nur prahlerisches Geschwätz? Für Marcel Ackermann war jetzt der Weg in eine Anstalt für schwererziehbare Jugendliche vorgezeichnet. Seine beiden jüngeren Brüder kamen vorsorglicherweise in ein Kinderheim. Mehr bezüglich der Zwillingsbrüder liess sich im Moment nicht aus dem vorliegenden Rapport entnehmen.
Im Bericht war weiter zu lesen, dass Marcel Ackermann nach zweijährigem Aufenthalt in dieser Schwererziehbarenanstalt dank guter Führung und fleissigem Schuleinsatz diese verlassen durfte. Dank Stipendien einer wohltätigen Hilfsorganisation konnte er in ein Kollegium eintreten und nach weitern vier Jahren dort die Maturitätsprüfung knapp bestehen. Nachher schloss er sich – aus für seine Förderer ganz unbegreiflichen Gründen – einer Zirkusgruppe an und reiste mit diesen Artisten in der ganzen Schweiz herum. Er war mittlerweile zu einem gefreuten, stämmigen jungen Manne mit ungeheurer Körperkraft herangewachsen. Letzteres war – wie die enorme Kopfgrösse – ein Familienerbstück mütterlicherseits. Von seiner Mutter hatte man sich schon erzählt, dass sie ungefähr so stark wäre wie drei gewöhnliche Männer. Dank seiner bald legendären unheimlichen Körperkräfte produzierte er sich im Zirkus als stärkster Mann der Welt. So bog er ein reguläres Hufeisen fast mühelos mit blossen Händen gerade und dann übers Knie gelegt wieder zur ursprünglichen Hufeisenform zurück.
Aus jener Zeit mit der fahrenden Zirkusgruppe gab es noch viele bemerkenswerte Ereignisse und Begebenheiten. – Einmal hatte Marcel Ackermann unter grösster Lebensgefahr spontan ein Kind aus den Flammen eines brennenden Hauses gerettet! Kein Feuerwehrmann hatte diese scheinbar aussichtslose Tat gewagt. Marcel Ackermann hatte, sobald er hörte, dass in dem Flammenmeer noch ein Kind eingeschlossen sei, sofort und ohne zu zögern gehandelt. – Ein andermal hatte ihm jemand gemeinerweise seinen bösartigen Hund, welcher schon viele

Leute gebissen hatte, angehetzt. Marcel Ackermann erkannte die Gefahr und versuchte den Angriff des kläffenden und zähnefletschenden Hundes durch sofortiges Stehenbleiben abzuwehren. Doch der riesige Hund liess sich, von seinem böswilligen Meister angefeuert, nicht von seinem Angriff auf den fahrenden Artisten abbringen. Er rannte mit gesträubten Rückenhaaren und hoch erhobenem Schwanze auf sein Opfer los! Da tat Marcel Ackermann etwas, wovon man dank einiger Augenzeugen, in jener Gegend noch jahrelang reden sollte. Dies war folgendes: Im allerletzten Moment trat er behende, wie ein Wiesel, zur Seite und packte mit unglaublicher Schnelligkeit die Rute des angreifenden Hundes. Dann drehte sich Marcel Ackermann an Ort und Stelle im Kreise und schwang den Hund, dessen Schwanz er mit den Händen – wie in einem Schraubstock eingespannt – festhielt, wie einen Wurfhammer im Kreise herum. Dann liess er ihn plötzlich los. Der Hund flog etwa sieben Meter durch die Luft. Als dann der Hund zu Boden stürzte jaulte er kurz, zog seine Rute ein und verzog sich. Der perplexe Hundebesitzer konnte fortan seinen Hund auf keinen Menschen mehr hetzen. Das Tier war als Wächter künftig nicht mehr zu gebrauchen und musste tragischerweise eingeschläfert werden. Kommissar Affolter war ein grosser Hundefreund. Einerseits hatte er Mitleid mit dem armen Tier, andererseits zeugte diese meisterhaft gekonnte Abwehr von Marcel Ackermann von dessen grossem Mut und dessen Kaltblütigkeit in gefährlichen Situationen. Für das Verhalten des Hundebesitzers hatte er überhaupt kein Verständnis.
Das letzte hier festgehaltene Abenteuer aus der Zirkuszeit erlebte Marcel Ackermann im Wallis. Er verliebte sich dort, während eines kurzen Gastspiels, in eine hübsche und feurige, schwarzhaarige, knapp zwanzigjährige Walliserin. Es war bei beiden Partnern die unwiderstehliche Liebe auf den ersten Blick. Beide – von Amors Pfeil getroffen – wussten mit absoluter Gewissheit, dass sie künftig in Freud und Leid für einander bestimmt waren! Die eifersüchtigen jungen Männer des Dorfes wollten es aber nicht zulassen, dass so ein fahrender Artist eine der ihrigen als künftige Fau mit sich nähme. Sie lauerten dem verliebten Paare vor einer Alphütte heimlich auf und wollten dem fremden Freier einen Denkzettel nach bewährtem einheimischem Rezept mit auf den künftigen Lebensweg ge-

ben. Aber alles kam ganz anders! – Zuerst dachten die, sich als urchige Schweizer Heldensöhne fühlenden jungen Walliser, sie hätten mit diesem fremden Fötzel ein leichtes Spiel! – Einer der stärksten von ihnen forderte drohend Marcel Ackermann zu einem mehr oder weniger fairen Ringkampf heraus. Marcel Ackermann ging sofort unentwegt auf diesen zu, gab ihm kurz nach altem Brauche die Hand und warf ihn dann in einem Wurfe platt auf den Rücken. Da griff ein zweiter ein. Dem erging es aber im Handumdrehen ebenso. Jetzt konnten sich die übrigen nicht mehr zurückhalten und es gab eine wüste Schlägerei, wie wir sie heute von englischen Fussballrowdies her bestens kennen. Die junge Walliserin nahm jetzt ebenfalls Partei und zwar zu Gunsten ihres späteren Gatten. Sie kämpfte mit Löwenmut mit einer in der Hütte vorgefundenen riesigen Holzkelle, wie eine keulenbewehrte Amazone. Es war ein wahnsinniger Kampf mit allen nur erdenklichen Mitteln, so wie er seit Ueli Rotachs Zeiten und Nidwaldens Verzweiflungskampf sicher noch beim Sacco di Roma oder bei den Tuilerien von Schweizern ausgefochten wurde. Schliesslich siegte die Vernunft. Die erbosten jungen Walliser erkannten, dass einerseits dieser Fremde auch einer der ihrigen war, wenn es ums Raufen und Schlagen ging, andererseits hatte die eindeutige Stellungnahme der jungen Braut auch das Nötige dazugetan. Man machte heldenhaft Frieden, wie wenn alles nur ein sportlicher Ringkampf gewesen wäre und keine brutale Schlägerei und verarztete sich gegenseitig. – Marcel Ackermann sagte dann mit etwas schwerem Herzen seiner Zirkusgruppe Lebewohl. Er heiratete seine hart erkämpfte Frau und zog mit ihr nach Basel. – Während seiner Zirkuszeit hatte er etwas Geld auf die Seite legen können. Damit gründete er jetzt in der schönen Stadt am Rheinknie eine Werbeagentur. Eine Werbeagentur deshalb, weil ihm noch zu seiner Zirkuszeit einer, der es wissen musste, erzählt hatte, das wäre das am leichtesten zu eröffnende Geschäft und Basel mit seinen für alles offenen Leuten die dazu geeignetste Stadt. Falls man nur etwas Talent, aber viel Einsatzwille und natürlich auch eine Portion Glück habe, so könne man es schnell zu etwas bringen, ja sogar reich werden. Marcel Ackermann zweifelte keinen Moment, dass er alle diese drei Bedingungen zur Genüge erfüllte. – Er hatte Glück, wenn er an seine liebe Frau dachte!

Dass er Einsatzwille und Talent besass, war für ihn selbstverständlich.

Als Kommissar Affolter den Bericht bis hierher gelesen hatte, machte er eine Pause. Er griff zu einer andern seiner Pfeifen, stopfte diese wie gewohnt mit aller Liebe und Sorgfalt. Dann entzündete er sie nach seinem ihm eigenen Zeremoniell mit einem grossen Spezialstreichholz. Einem geübten Beobachter wäre es aber aufgefallen, dass Kommissar Affolter nicht mehr so unbeschwert seine Pfeife entzündete, wie dies bis vor kurzem immer der Fall gewesen war. Mittlerweile war er von seinem Sessel aufgestanden und schritt jetzt in seinem Büro gleichmässig auf und ab. Fast wie im Basler Zolli der Löwe im Innenkäfig kurz vor der gewohnten Fütterung. – Kommissar Affolter dachte während dieses Einherschreitens über das eben Gelesene sorgfältig nach. Er liess sich nochmals alles, was er bis jetzt von diesem Marcel Ackermann in Erfahrung bringen konnte, durch den Kopf gehen! Marcel Ackermann war zweifellos eine ungewöhnliche, ja bemerkenswerte Persönlichkeit. Kommissar Affolter ertappte sich dabei, feststellen zu müssen, wie ihm dieser Marcel Ackermann sogar ein wenig sympatisch wurde. Eigentlich hatte dieser ungehobelte Kerl immer wieder positive Eigenschaften bezüglich Mitgefühl und Mitempfinden seiner Umgebung gegenüber gezeigt. Bestimmt war Marcel Ackermann ein Mann mit gewissen Grundsätzen. Früher war er sicher ein Heisssporn gewesen, wie alle diese seine Taten bewiesen. Also noch einer jener Schweizer mit Profil! Nur bei nasser Piste waren heute Autoreifen mit Profil bei den Formel-1-Rennfahrern gefragt, ging es Kommissar Affolter fast zusammenhangslos durch den Kopf. – Nach etwa zehn Minuten des Einherschreitens und Nachdenkens setzte sich Kommissar Affolter wieder in den bequemen Besucherstuhl, um den restlichen Teil des so spannenden Dossiers Marcel Ackermann zu lesen. Von jetzt an war nach dem Berichte alles folgerichtig und zielstrebig verlaufen. Die Werbeagentur Ackermann entwickelte sich bestens. Von Anfang an reihte sich Erfolg an Erfolg. «Der Prophet gilt nur in der Fremde», ging es Max Affolter durch den Kopf. – Überall empfahl man die Adresse dieser Werbeagentur als sichern Geheimtip. Marcel Ackermann beschäftigte heute zehn tüchtige Mitarbeiter und hatte Aufträge in Hülle und Fülle! Er hatte

eine glückliche Familie und fünf Kinder, von welchen das älteste jetzt 13 Jahre zählte. Auch gab es da noch einen Hinweis auf seine jüngern Zwillingsbrüder. Diese waren, noch bevor sie militärdienstpflichtig waren, in die Fremdenlegion eingetreten.
Dort waren beide durch ähnliche Taten, wie wir sie von ihrem ältern Bruder her kennen, aufgefallen. Sie hatten dann nach zehnjähriger Dienstzeit bei der Fremdenlegion um ihre reguläre Entlassung nachgesucht. Seither bewirtschafteten sie gemeinsam eine grosse Farm irgendwo auf Madagaskar. – Marcel Ackermann hatte seine Brüder vorletztes Jahr dort auch besucht. Er hatte seine ganze Familie auf diese Ferienreise mitgenommen. Anschliessend waren die sieben Ackermann aus Basel noch zwei Wochen nach der Insel Mauritius zu Badeferien gefahren. Soviel zum mit den letzten Nachforschungen ergänzten Dossier Ackermann.
Kommissar Max Affolter wollte jetzt wieder ein Treffen der «Beresina»-Gruppe einberufen. Seit der letzten Zusammenkunft waren ja beinahe wiederum zwei Wochen vergangen. Er hatte von den einzelnen Gruppen, wegen seiner starken Belastung durch die persönlichen Nachforschungen bei den Bekannten der übrigen sechs auf Mauritius Ertrunkenen, nur in dringendsten Fällen eine Berichterstattung gefordert. Offensichtlich war nichts Sensationelles vorgefallen, denn es wurden keine Meldungen an ihn gemacht. Kommissar Affolter wollte eben sein Büro verlassen, um wieder einmal pünktlich Feierabend zu machen. Da teilte ihm Fräulein Höfler mit, dass Herr Klötzli ihn heute noch gerne sprechen möchte. Er müsse jeden Augenblick hier eintreffen, meinte die zuverlässige Sekretärin. Kommissar Affolter schmunzelte nur. Man brauchte also seinen Rat! Er griff zu seiner kleinen Handtasche, entnahm ihr eine prächtige, erst kürzlich erstandene und sorgfältig eingerauchte Pfeife. Das Weitere können wir uns jetzt ja vorstellen! Er musste sich nicht mehr lange gedulden, bis, wie angekündigt, Emil Klötzli bei ihm eintraf. Emil Klötzli sah ziemlich mitgenommen aus. Er musste in letzter Zeit kaum zum Schlafen gekommen sein. War diese scheinbare Ermattung eventuell nur auf Misserfolge beim Erfüllen seines Spezialauftrages zurückzuführen? – Die beiden Polizeibeamten unterhielten sich kurz und verliessen dann den Spiegelhof.

Zwei Minuten später standen sie dann vor der Türe zur Affolterschen Wohnung am Totengässlein Nr. 1. Frau Affolter war ein wenig erstaunt, ihren Mann in Begleitung von Herrn Klötzli vorzufinden. Sie hiess die beiden freundlich einzutreten. Aus Erfahrung wusste sie, dass sie heute unerwartet ein Nachtessen für drei Personen zubereiten durfte, konnte, sollte, musste. Alle aufgezählten Begriffe waren für diese Tätigkeit irgendwie zutreffend! Immerhin war sie diesen Abend nicht alleine. Ihr lieber Max war wenigstens physisch in der Nähe. Sagen wir aus freiem Willen offerierte sie sich und den beiden Ankömmlingen einen Apéro und zog sich dann mit ihrem Glase diskret in die Küche zurück. Jemand musste ja für das Nachtessen sorgen. Frau Affolter war eine grossartige Köchin und wusste sich in solchen Momenten immer gut zu helfen. Die beiden Männer unterhielten sich sehr angeregt. Ab und zu erfuhr sie ganz ungewollt – durch die nicht ganz zugezogene Türe – ein paar dieser Gesprächsfetzen. So vernahm sie, dass irgendeine Frau, welche polizeilich überwacht wurde, jeweils wie vom Erdboden verschwand.
Das war ein Thema, welches auch sie interessierte. Wie oft wäre auch sie schon gerne so in die sichere Unauffindbarkeit entflohen. Sie musste unwillkürlich an die Tarnkappe denken, welche der Nibelungenheld Siegfried vom guten Zwergen Alberich einst erhalten hatte.
Als dann die drei gemütlich bei herrlichen Spaghetti alla bolognese und einem feinen Glase Chiroubel beisammensassen und Max Affolter mit Freude und Stolz die Komplimente von Emil Klötzli an die Adresse von Frau Affolter mitgenoss, fasste sich diese ein Herz und meinte: «Ich habe vorhin, ohne dass ich es wollte, gehört, dass da irgendeine Frau immer wieder verschwinden kann. Könnt Ihr mir mehr dazu sagen?» Die beiden Männer schauten sich kurz an und Max Affolter sagte dann: «Natürlich sehr gerne». Er hatte von seiner Frau schon manchen guten Rat oder ebensolchen Einfall entgegennehmen dürfen. Sie war Unbefugten gegenüber eine absolut verschwiegene Frau. Emil Klötzli erzählte nun seine Geschichte, die er eben ausführlich seinem Chef geschildert hatte, nochmals. Die vom Privatdetektiv bekanntgegebene Adresse der im Todesfall begünstigten Blumenverkäuferin führte stracks zu deren eindeutiger Identifikation. Sie kannten jetzt den Namen

der Blumenverkäuferin, welche Daniela Müller im Hotel Drei Könige beim Nachtessen mit Herrn Streitwolf erstmals bewusst getroffen hatte. Emil Klötzli liess sie fortan dauernd überwachen. Das Unverständliche und ganz und gar Unbegreifliche an der Sache war, dass sich die Spur der Beschatteten jedesmal irgendwo verlor. – Als dies während dreier Tage hintereinander geschehen war, stationierte Emil Klötzli einen Detektiv praktisch in Sichtweite zum Hause der zu Überwachenden am Bläsiring. Dieser Beobachtungsposten konnte nun zwar genau Bericht erstatten, wann und in welcher Richtung die Blumenverkäuferin in ihrer auffälligen Bekleidung das Haus verliess und wann genau sie dorthin wieder zurückkehrte. Doch die weitern Beamten, welche die Blumenfrau dauernd überwachen sollten, sobald sie das Haus verlassen hatte, verloren ihre Spur oft während Stunden. Dann wurde die verfolgte Frau zufällig abends wieder in einem Restaurant gesichtet und konnte dann wieder lückenlos in ihren weitern Tätigkeiten verfolgt werden. – Für Frau Affolter war das kein Problem: «Die zieht sich doch irgendwo um, verändert ihr Aussehen und Ihr habt das Nachsehen.» – Auf diesen eigentlich so naheliegenden Gedanken war Emil Klötzli während mehr als einer Woche nicht gekommen. Auch Kommissar Affolter musste sich eingestehen, dass ihm dieser einleuchtende Gedanke vorher auch nicht gekommen war. Jetzt wussten sie genug! «Stehend Holz und Weiberlist stärker als der Teufel ist», erinnerte sich Max Affolter an einen Ausspruch seines Vaters, der Zimmermann gewesen war.
Die beiden Männer wollten das Thema unbedingt wechseln, um sich bezüglich ihrer Scharfsinnigkeit nicht noch mehr blamiert zu fühlen. Max Affolter machte den Vorschlag, nach dem Essen noch ein wenig zu jassen. Das war eine glänzende Idee. Frau Affolter jasste fürs Leben gern. Emil Klötzlis Lebensgeister waren auch wieder erwacht. – Den Lesern hier sei verraten, dass die drei mit ganz unterschiedlicher Begeisterung bis nach Mitternacht dem Schweizer «Nationalsport» huldigten! – Frau Affolter, welche beim Königsjass, im Volksmunde «Bieter» genannt, meist alleine gegen die beiden Männer spielte, gewann fast den ganzen Abend. Es gab schliesslich doch so etwas, wie eine ausgleichende Gerechtigkeit. Sie hatte vorher ja auch für das so mundende Nachtessen gesorgt!

Am folgenden Morgen dann fand das vorgesehene Treffen der «Beresina»-Gruppe statt. Emil Klötzli bestritt erwartungsgemäss das Haupttraktandum. Er verteilte an alle Mitglieder der «Beresina»-Gruppe verschiedene Farbfotos, welche jeweils die zu überwachende Blumenverkäuferin zeigten. Claudia Denner fragte, als sie die ihr ausgehändigten Fotos genau betrachtet hatte, ob die gesuchte Frau Seidenkleider trage? Von ihrem Hobby als passionierte Puppenherstellerin her war sie an der Qualität der Stoffe, wie auch der jeweiligen Machart, mehr interessiert als die andern.

Wenn diese Blumenverkäuferin einen Seidenjupe und ein ebensolches Jäckchen trug und diese zwei Kleidungsstücke – angenommen – eine Art Doubel-face-Anfertigung waren, so konnte sie natürlich ihre Aufmachung ohne weiteres leicht verändern. Sie brauchte dazu nur Jupe- und Jacken-Aussenseite nach innen zu kehren. Zusammen mit einem vorher verborgenen Seidenschal, einer Brille und ein paar auswechselbaren Dekorationen an den Schuhen konnte sie so ihr Aussehen für einen Nichtsahnenden komplett verändern. Auf den verteilten Fotos fiel allen auf, dass die zu überwachende Frau auf allen Abbildungen immer ganz staubige Schuhe trug. Wenn sie den Staub von den Schuhen entfernte und zum Beispiel eine auffällige Schnalle oder Lederschlaufe rasch auf die Oberseite ihrer Schuhe klebte oder nur magnetisch anheftete, sah es sicher so aus, als trüge sie andere Schuhe. – Ferner war auf den Fotos zu sehen, dass sie beim Verlassen des Hauses praktisch nur ihren leeren Blumenkorb mit sich trug. War dieser Blumenkorb eventuell auch ein gerissenes Zaubererutensil? Liess sich dieser Korb etwa in eine Tragtasche umwandeln? Alles war denkbar und folglich auch möglich. Auf jeden Fall war die «Beresina»-Gruppe jetzt wieder voll motiviert. Sie waren jetzt sicher, dass es ihnen gelingen würde, diese offenbar höchst raffiniert operierende Blumenfrau auf Schritt und Tritt überwachen zu können. – Weder Emil Klötzli noch Kommissar Affolter haben natürlich erwähnt, dass die gerade eingangs des Treffens von Emil Klötzli postulierte Annahme, dass sich diese Frau irgendwo umkleide, eigentlich nicht von ihnen stammte!

Nach etwas mehr als einer Woche konnte Emil Klötzli seinem Chef voller Stolz mitteilen, dass er jetzt mehr über die mysteriöse Blumenverkäuferin wisse, als dieser sich nur denken könne. Doch da irrte sich Emil Klötzli wieder einmal gewaltig! Denn Kommissar Affolter überreichte ihm ein kleines aus dem Doppelstab ausgeschnittenes Inserat. In dieser Annonce bot eine Hellseherin ihre Dienste zum Abgewöhnen des Rauchens «mit fast hundertprozentiger» Sicherheit an. Unter dem Inserat stand eine Telefonnummer. Emil Klötzli musste zugeben, dass dies genau diejenige Telefonnummer war, welche er mit so wichtiger Miene eben seinem Chef, nebst Name und Adresse dieser Hellseherin, bekanntgeben wollte. Es gab jetzt keinen Zweifel mehr. Die Blumenverkäuferin und die inserierende Hellseherin waren ein und dieselbe Person. Der Ort, wo diese chamäleonhafte Verwandlung jeweils stattfand, war verschieden. Es war in jedem der bisher entdeckten Fälle eine stark frequentierte öffentliche Toilette gewesen. Zweimal wurde diese Verwandlung der unattraktiven Blumenverkäuferin in die äusserst elegante, selbstsichere Hellseherin im Kantonsspital am Petersgraben und einmal im Restaurant Bahnhofbüffet SBB festgestellt.

Der seine Enttäuschung kaum verbergen könnende Detektiv Emil Klötzli wollte von seinem Chef wissen, wie er denn ebenfalls zu dieser Erkenntnis gekommen sei? - Kommissar Affolter gab dem ihm seit Jahren nahestehenden Emil Klötzli die folgende Antwort: «Seit damals, als Sie, Herr Klötzli, und Paul Märki festzustellen glaubten, dass mir das Rauchen nicht mehr so Spass bereitete wie früher!» - In Tat und Wahrheit hatte er damals bei seinen Nachforschungen bei den Bekannten der sechs übrigen in den Badeferien auf Mauritius ertrunkenen Personen herausgefunden, dass alle diese sechs Männer Raucher waren, welche sich einer Raucherentwöhnungskur bei einer bestimmten Hellseherin oder Geistheilerin unterzogen hatten. «Mit fast hundertprozentiger Sicherheit» erinnerte er sich makabererweise an das Inserat. Er fand dann den von einigen Befragten genannten Namen dieser Hellseherin auch noch zweimal auf der Begünstigtenliste bei einem eventuellen Todesfalle eines Wettbewerbgewinners während der Ferienreise. - Kommissar Affolters Axiom, dass die Sonne alles einmal an den Tag bringen wird, schien sich auch hier zu bestätigen. Kommissar Affolter übergab schliesslich Herrn Klötzli eine Liste mit den Namen der im Todesfalle aller sieben Opfer begünstigten Personen oder Institutionen. In drei Fällen war dies das Postcheckkonto einer unbekannten Wohltätigkeitsorganisation. Letzteres war wenigstens aus dem Namen zu schliessen, wie z.B.: «Vereinigung der Anwohner von ... für ....» «Wenn wir nun diese Liste hier durchgehen, so ergibt sich das folgende Bild: Im Todesfalle von Bruno Kaltenbach erhielt Marcel Ackermann die 250 000 Franken ausbezahlt. In den übrigen sechs Fällen wurden einmal diese Blumenverkäuferin, zweimal die Hellseherin, also ebenfalls die Blumenverkäuferin, und die drei angeblichen Wohltätigkeitsorganisationen begünstigt. Paul Märki hat für mich herausgefunden, dass die drei Postcheckkonti dieser Wohltätigkeitsorganisationen kurz nachdem jeweils die 250 000 Franken einbezahlt worden waren von ihren Besitzern aufgehoben wurden. Der Verdacht scheint also gerechtfertigt, dass in mindestens drei dieser sechs Fälle diese Blumenverkäuferin oder Hellseherin die effektiv Begünstigte der Versicherungsgesellschaften war. Nur im letzten dieser ähnlich gelagerten Fälle, also beim Ertrinkungstod von Bruno Kaltenbach, wurde Marcel Ackermann begünstigt.» Allerdings war im Augenblicke noch nicht klar, ob Bruno Kaltenbach erstens auch ein Raucher war und zweitens sich das Rauchen bei dieser Hellseherin abgewöhnen lassen wollte. Kommissar Affolter glaubte zwar, dass Bruno Kaltenbach als begeisterter und tüchtiger Sportler sicher ein Nichtraucher war. Aber dieses Detail sollte vom «C»-Team der «Beresina»-Gruppe noch abgeklärt werden. Vielleicht kam so Fräulein Müller nochmals zu einem feinen Nachtessen mit Herrn Streitwolf.

Kommissar Affolter beschloss, die Überwachung der Hellseherin, alias Blumenverkäuferin, mit ganzer Intensität noch für wenigstens zwei Wochen fortzusetzen. Denn bisher war kein Zusammentreffen mit Herrn Franz Streitwolf, Prof. Dr. med. Kaltenbach oder Herrn Marcel Ackermann beobachtet worden. – Wenn das entschlüsselte Bilderrätsel stimmen sollte, so musste es eine Verbindung zwischen dieser Blumenverkäuferin und zumindest Herrn Streitwolf geben. Und dass diese Bilderbotschaft eine Hilfe für die Polizei sein sollte, das glaubten zumindest alle Mitglieder der «Beresina»-Gruppe.

Fritz Bürgi und Hans Regenass trafen sich weiterhin regelmässig, um auf ihre Art Kriegsrat zu halten und immer wieder neue oder vertieftere Hypothesen über den oder die gemeinen Mörder ihrer drei Freunde zu diskutieren. Gegen ihren Entschluss, jetzt nichts mehr in dieser Angelegenheit zu unternehmen, bis sie von Kommissar Affolter dazu aufgefordert würden, unternahmen sie auf eigene Faust nochmals einen kühnen Versuch, um den für sie als Täter sicherstehenden Marcel Ackermann zu überführen.

Die beiden pensionierten Detektive hatten ihr Vorhaben gründlich vorbereitet und waren mühelos, ja geradezu auf verdächtig einfache Art zu ihrem Ziel gekommen. Sie waren jetzt für kurze Zeit glückliche Besitzer dieser von ihnen schon so lange gesuchten SBB-Dienstmütze mit der ominösen Kopfgrösse Nr. 63. Es war zweifellos die von den spielenden Kindern beim Bahnhofkühlhaus gefundene Mütze. Der junge Hutsammler Markus Schmid hatte ihnen ja gesagt, dass diese Mütze im Atelier von Amadeus Knüsel angefertigt worden war. Genau diese Herstellungsetikette fand sich in diesem Kondukteurhut.

Wie die beiden ehemaligen Detektive zu diesem Corpus delicti gekommen waren, sei hier kurz verraten. Fritz Bürgi war zur Werbeagentur Ackermann gegangen. Hans Regenass wartete unterdessen in einem nahe gelegenen Restaurant auf seinen Kameraden. Sie hatten vereinbart, dass Hans Regenass, wenn Fritz Bürgi nach einer bestimmten Zeit nicht bei ihm eintreffen würde, die Polizei alarmieren müsste, so dass diese Fritz Bürgi Hilfe leisten könnte. – Als Fritz Bürgi das Empfangsfräulein in der Werbeagentur gebeten hatte, ihn wegen einer persönlichen Angelegenheit bei Herrn Ackermann zu melden, wurde er sofort von letzterem empfangen. Herr Marcel Ackermann hatte ein grosses, nur mit einem Besuchertisch und einem Stehpult möbliertes Büro. Auf dem Fenstersims standen mehrere Telefone. An den Wänden hingen alles Bilder, welche irgendwie das Thema Zirkus behandelten.

Als Herr Bürgi von Herrn Ackermann gefragt wurde, wie er ihm behilflich sein könnte, sagte ihm dieser unumwunden, dass er für einen Theaterabend bei den Pensionierten eine möglichst grosse SBB-Dienstmütze ausleihen möchte. Fritz Bürgi log, dass er gehört hätte, dass Herr Ackermann so eine Mütze besässe. Kaum hatte er seinen Wunsch geäussert, da rief Herr Ackermann seiner Sekretärin, sie möge doch bitte die

SBB-Dienstmütze, welche er im obern Stockwerk aufgehängt habe, herunterholen. Er wolle sie diesem Gentleman hier für kurze Zeit ausleihen. Als sich Herr Ackermann in der Zwischenzeit näher über das Theaterstück erkundigte, tat Fritz Bürgi nur so geheimnisvoll, als ob er nichts davon verraten dürfte.
Herr Ackermann wollte noch wissen, wann und wo diese Pensioniertengruppe ihren Theaterabend veranstalten würde? Er könne ihnen eventuell sogar noch finanziell helfen, wenn sie ein Defizit zu tragen hätten. Er habe immer ein Kässlein für solche Angelegenheiten. Gerade letzthin habe er wieder 10 Prozent aus einer Riesensumme, welche er als Begünstigter in einem Todesfalle erhalten habe, in diesen Fonds getan. Fritz Bürgi konnte sich kaum mehr zusammennehmen! Er wusste wirklich nicht mehr, was er von diesem Marcel Ackermann denken sollte! Möglichst rasch verabschiedete er sich mit der SBB-Dienstmütze in einer Tragtasche. Lange vor der verabredeten Zeit traf er bei Hans Regenass im als Treffpunkt vereinbarten Restaurant ein. Begeistert erzählte er diesem bei einer Stange herrlichem Warteckbier die eben erlebte Geschichte. Er liess Hans Regenass auch einen verstohlenen Blick in die mitgeführte Tragtasche werfen.
Bezüglich des Verhaltens von Marcel Ackermann waren die beiden Ex-Detektive so ziemlich am Ende ihres Lateins. Sie trösteten sich mit dem Gedanken, dass diese Werbefachleute einfach ganz andere Menschen waren. Die mussten ihr Herz immer zuvorderst auf der Zunge tragen! War dies etwa Marcel Ackermanns geheimes Erfolgsrezept? Wenn sie sich alles genau durchzudenken versuchten, konnten sie sich sagen: «Herr Ackermann weiss natürlich nicht, dass wir diese Mütze sicherstellen wollten. Er hat wahrscheinlich gedacht, diesem älteren Herrn kann ich diese Mütze unbesorgt übergeben. Auch kann er ja nicht wissen, dass die Polizei Wind von dieser Mütze erhalten hat. Oder etwa doch? Allerdings war es zumindest leichtsinnig, dieses allfällige Beweismittel so leichtfertig aufzubewahren, geschweige denn auszuleihen.» – Schliesslich kam ihnen noch die sie störende Möglichkeit in den Sinn, dass Herr Ackermann diese SBB-Mütze schon öfters ausgeliehen haben könnte. Also zum Beispiel auch an jenen gesuchten Mörder von Paul Glaser. Dieser Gedanke beunruhigte sie je

länger sie darüber nachdachten, desto mehr. Sie waren jetzt nicht mehr so sicher, dass Marcel Ackermann der gesuchte Täter war, wie sie bis anhin glaubten. Auch das Verhalten mit der eventuellen Übernahme eines Defizits oder gar diese Kasse für Gemeinnütziges verwirrte sie.
Schon am folgenden Tage vereinbarte Fritz Bürgi telefonisch ein kurzes Zusammentreffen mit Kommissar Max Affolter und Hans Regenass. Die drei trafen sich im Garten des Restaurants Löwenzorn am Gemsberg. Voller Stolz übergaben dort die beiden «stillen» Mitarbeiter der «Beresina»-Gruppe ihrem erstaunten Chef diese so intensiv gesuchte SBB-Mütze mit Hutgrösse 63. – Den beiden gelang es aber nur halbwegs, ihre schon ins Wanken geratene Überzeugung, dass Marcel Ackermann mit Sicherheit der gesuchte Mörder von Paul Glaser sein müsse, Kommissar Affolter zu verkaufen. – Max Affolter benützte diese Gelegenheit, um ganz auf seine Art, den beiden pensionierten Kameraden zu helfen, ihre Argumentationssicherheit zu bewahren. Der schlaue Fuchs tat so, als ob er jetzt ebenfalls glaubte, dass Herr Marcel Ackermann dieser längst gesuchte Täter sei, und dass man ihn sofort verhaften lassen sollte. Man habe ja jetzt die nötigen Beweise! – Fritz Bürgi und Hans Regenass versuchten nun ihrerseits vehement, Kommissar Affolter weiterhin für ein besonnenes Vorgehen zu gewinnen. Sie waren sich auf einmal ihrer Verantwortung voll bewusst und wollten unter gar keinen Umständen, dass sich der von ihnen so geschätzte Kommissar Affolter in einer solchen Angelegenheit leichtsinnig in eine abenteuerliche Verhaftung mit unzulänglichen Beweismitteln stürzte. «In dubio pro reo» galt auch hier! Kurzum, am Ende dieser Diskussion waren immerhin alle drei wenigstens gleichermassen von einer möglichen Unschuld Marcel Ackermanns am Tode von Paul Glaser überzeugt! Beim Abschied versprach ihnen Kommissar Affolter, die SBB-Mütze im Polizeilabor gründlichst untersuchen zu lassen. Er würde ihnen dann wieder Bericht geben, so dass Fritz Bürgi die Mütze seinem Besitzer wieder zurückbringen könne. Interessant war dabei, dass sich gemäss Fritz Bürgi, Marcel Ackermann nicht einmal um seine Adresse bemüht hatte, als er ihm den Hut zum Theaterspielen ausgeliehen hatte.
Zwei Tage später liess Polizeidirektor Harzenmoser Kommis-

sar Affolter unvorhergesehenerweise zu sich rufen. Er hatte eine äusserst wichtige Mitteilung zu machen. Von diesem Privatdetektiv, welcher nach wie vor im Auftrage der Versicherungsagentur Ziswiler Nachforschungen im Falle Bruno Kaltenbach durchführte, hatte er erfahren müssen, dass jetzt auch im Namen der übrigen diversen Versicherungsgesellschaften in Bezug auf diese gehäuften Ertrinkungstodesfälle von Baslern auf Mauritius von ihm recherchiert werde. Man war daran, bald einmal Klage gegen Unbekannt einzureichen. Dem Polizeidirektor war es dank seiner Beredsamkeit schliesslich gelungen, den eifrigen Privatdetektiv von diesem Schritt in die Öffentlichkeit noch für eine kurze Zeit abzuhalten. Allerdings garantierte Polizeidirektor Harzenmoser quasi, dass man diese Verbrechen nächstens aufgeklärt haben werde und den oder die Mörder bis in etwa einem Monat dingfest gemacht haben werde. Das war eine mehr als kühne Behauptung! Dies wusste Polizeidirektor Harzenmoser selbst am besten. Es war ihm aber kein anderer Ausweg geblieben! Er hatte eben viel weniger Geduld als die meisten seiner Mitarbeiter und wollte immer alles sofort erledigt haben. – Allerdings glaubte er in diesem Falle, dieses Quasiversprechen verantworten zu können, war er doch über alle Aktivitäten und Erfolge seiner «Beresina»-Gruppe bestens informiert.
Polizeidirektor Harzenmoser machte im Verlaufe des weitern Gesprächs noch eine Andeutung bezüglich Prof. Dr. med. Kaltenbach und Frauengeschichten. Dies hätte ihn dieser Privatdetektiv – sich in vielsagenden Gemeinplätzen äussernd – ebenfalls wissen lassen. Kommissar Affolter legte dieser Äusserung ebenso wenig Bedeutung bei wie sein Chef, der ihn so nebenbei darüber informiert hatte. Die unverhoffte Erbschaft für die Kaltenbachs lag in der Höhe von rund 3 Millionen Franken, also einer ganz stolzen Summe. Auch dies hatte der Privatdetektiv diskret in seine Unterredung mit dem Polizeidirektor einzustreuen verstanden! Und da ja Bruno Kaltenbach nicht mehr lebte, fiel dieser ganze Betrag seinem Bruder zu. Angenommen Prof. Kaltenbach hatte beim Tode seines Bruders die Hand im Spiel gehabt, welchen vernünftigen Grund könnte es für ihn gegeben haben, Paul Glaser mit Nachforschungen über den Tod seines Bruders zu beauftragen? Es liess sich in den Augen von Harzenmoser und Affolter kein

glaubhafter Grund dafür finden, so lange sie auch danach suchten. Sicher war, dass Prof. Kaltenbach ein sehr misstrauischer Mensch sein musste. Vielleicht hatte er in seinem Leben bisher so viele schlechte Erfahrungen gemacht. Der Beruf eines Arztes verlangt heutzutage eine grosse seelische Belastbarkeit. Es gab so viel menschliches Elend, bei welchem auch der beste Arzt kaum lindernd beistehen konnte. Dies war bestimmt auch ein nicht zu unterschätzender Preis, den die Menschheit heute auf das Konto «Fortschritt» buchen musste. Im finstern Mittelalter war bei uns die Berufstrennung Arzt und Priester noch ganz fliessend gewesen. Es gab diese Situation ja bis vor kurzem noch bei gewissen Eingeborenenstämmen, wo der Medizinmann diese Doppelfunktion ausübte. Dem Bedürfnis des kranken Menschen war diese Einheit oft entgegengekommen. Der heutige Trend zur wieder erwachten Nachfrage nach Naturheilmitteln oder ganzheitlicher Medizin war bestimmt teilweise auch auf das Bewusstwerden dieses Verlustes zurückzuführen. Der florierende Hildegardshop im Drachencenter war ein Musterbeispiel dafür. – Polizeidirektor Harzenmoser schloss seine Ausführungen: «Herr Affolter, ich habe diesem Privatdetektiv geraten, sich mit seinen weitern Nachforschungen ganz auf die Person von Prof. Dr. med. Kaltenbach zu konzentrieren. Denn wir von der Polizei hätten diese offenbar vielversprechende Spur bisher zu wenig intensiv verfolgt. Allerdings hätten wir von den Frauengeschichten des Professors bisher nicht gewusst. Es war interessant, feststellen zu können, wie dieser Privatdetektiv, der offensichtlich eine persönliche Abneigung gegen die Mediziner im allgemeinen und gegen Prof. Kaltenbach im speziellen in sich trägt, auf diesen Köder anbiss. Er wollte wissen, ob wir von der Polizei nun auch vermehrt Untersuchungen in diese Richtung unternehmen würden? Was ich natürlich wichtigtuerisch bejahte!» Polizeidirektor Harzenmoser konnte dabei ein schadenfrohes Schmunzeln nicht verbergen. «Sie sehen, Herr Affolter, vorläufig werden wir Ruhe haben vor diesem Privatdetektiv, denn selbstverständlich werden wir von der Polizei diese Spur vorläufig nicht verfolgen. Wir haben keine Zeit für Leerlaufübungen. Ich erwarte, dass Sie, Herr Affolter, diese Mordfälle bis spätestens in einem Monat aufgeklärt haben werden. Wie, weiss ich zwar nicht! Es ist mir auch gleichgültig. Sie sind ja noch jung genug, um so einen Kriminalfall termingerecht zu lösen oder etwa nicht?» – «Ganz klar, Herr Direktor Harzenmoser, die ‹Beresina›-Gruppe wird diesen Fall mit Sicherheit termingerecht lösen», hörte sich Kommissar Max Affolter fast mechanisch aus seinem Unterbewusstsein laut antworten. – Allerdings hatte er eben einen blendenden Einfall gehabt, der ihm einen vielversprechenden Weg zur Lösung dieser Mordfälle aufgezeigt hatte. – Der Einfall war ihm gekommen, als er von seinem gestressten Chef ironisch vernehmen musste, er, Affolter, sei ja noch jung genug, um so einen Fall termingerecht zu lösen. – Der sehr vorsichtige und fast immer bedächtig und wohl überlegt handelnde Kommissar Affolter war jetzt entschlossen, einen fast tollkühnen Schritt zu riskieren. Er wollte es jetzt seinem Chef wieder einmal mehr zeigen, dass auch die angeblich «gestrige» Generation noch etwas ausrichten konnte!

Am folgenden Tage war Kommissar Max Affolter von morgens 8 Uhr bis am späten Nachmittag dienstlich irgendwo unterwegs gewesen. In allen Belangen der «Beresina»-Gruppe liess er sich von der Polizeiassistentin Claudia Denner während dieser Zeit vertreten. – Ein wenig aussergewöhnlich war nur dies, dass er seiner Sekretärin, Fräulein Höfler, einen Briefumschlag übergeben hatte mit der Bitte, diesen, wenn er bis abends 18.30 Uhr nicht zurück wäre, Polizeidirektor Harzenmoser auszuhändigen. Er habe nur ein paar Vorkehrungen getroffen, falls etwas schief laufen sollte, was er aber nicht glaube, liess er Fräulein Höfler fast wie zur Beruhigung vor seinem Weggehen noch wissen.

Seine alles so aufmerksam beobachtende Sekretärin hatte instinktiv gespürt, dass der Chef etwas ganz Ungewöhnliches vor hatte und hatte ihm beim Abschiednehmen in ihrem Innern noch viel Glück und Erfolg gewünscht, ohne diesen Gedanken natürlich irgendwie zu verbalisieren. Sie wollte äusserlich ebenso unbekümmert erscheinen wie ihr Chef. Von diesem hatte sie gelernt, dass das Sprichwort: «Frisch gewagt, ist halb gewonnen» seinen Wahrheitsgehalt eigentlich nur der Tatsache verdankte, dass die Angst alle Fähigkeiten und Eigenschaften eines Menschen lähmte. Mit solch reduzierten Kräften war man dann nur noch ein Schatten seiner selbst und konnte sicher keine persönliche Bestleistung mehr geben.

Kommissar Max Affolter musste gestern aber eine wahre Bestleistung gelungen sein, denn er war in einer ganz euphorischen Stimmung, wie alle Mitarbeiter, die ihm begegneten, feststellen konnten. Schon kurz nach Arbeitsbeginn hatte er sich, wie vorher vereinbart, mit den beiden Polizeiassistentinnen Claudia Denner und Daniela Müller während längerer Zeit besprochen. Offensichtlich ging es um ein erneutes Treffen von Daniela Müller mit Franz Streitwolf. Es galt herauszufinden, ob Bruno Kaltenbach auch ein Raucher gewesen war, und ob auch er bei der uns jetzt bekannten Hellseherin, alias Blumenverkäuferin, sich von seiner Sucht befreien lassen wollte.

Daniela Müller bereitete dieses Unternehmen einen ganz prikkelnden Spass. Sie hatte den charmanten Herrn Streitwolf, von jener ersten Begegnung im Hotel Drei Könige her, immer noch in guter Erinnerung. Persönlich fiel es ihr ausserordentlich schwer, anzunehmen, dass dieser Franz Streitwolf mit der ihr von Anfang an so unsympathischen Blumenverkäuferin zusammenarbeiten sollte. Dass dieser Wolf im Schafspelze sogar ein bestialischer Mörder sein sollte, wie die unglückseligen Duellanten der Polizei mit ihrem Bilderrätsel offenbar kundtun wollten, so was konnte sie sowieso nicht glauben. Andererseits hatte ihr Kommissar Max Affolter ganz unmissverständlich gesagt, dass er Franz Streitwolf als potentiellen Mörder auf Grund der bisherigen Nachforschungen nicht ausschliessen könne. Man werde nächstens wieder einmal ein Zusammentreffen zwischen Franz Streitwolf und der seit jetzt mehr als zwei Wochen dauernd beschatteten Blumenverkäuferin feststellen können. Man wolle dann besonders auf den Austausch von Botschaften zwischen diesen beiden achten. Die Telefongespräche von Franz Streitwolf würden seit einer Woche auch regelmässig abgehört, wie auch diejenigen von Marcel Ackermann, der Blumenverkäuferin und Prof. Dr. med. Kaltenbach. Bis jetzt sei noch kein Anruf der Blumenverkäuferin, alias Hellseherin, bei irgend einer andern dieser überwachten Personen festgestellt worden.

Am nächsten Freitagabend schon trafen sich Franz Streitwolf und Daniela Müller im Restaurant Safran Zunft in der Gerbergasse zu einem gemeinsamen Nachtessen! Nicht zuletzt in Anbetracht der Jahreszeit, es war ja schon Anfang Oktober, hatte Franz Streitwolf dieses Restaurant gewählt. Die Garten-

restaurants waren am Abend zum Essen schon zu kühl, und er wollte Fräulein Müller auch etwas Spezielles bieten. Sie hatten sich abmachungsgemäss bei der Tramstation Barfüsserplatz getroffen und waren dann gemeinsam in das Restaurant Safran Zunft spaziert. Dort wurden sie vom Ober an den von Franz Streitwolf reservierten Zweiertisch im untern Teil des gut besuchten Restaurants geleitet. Es war dies ein quer zur Butzenscheiben-Fensterfront festlich gedeckter Tisch. Die beiden gegenüberliegenden Plätze garantierten so einigermassen einen Überblick über den untern Teil des Restaurants, mindestens bis zur Ein- und Ausgangstüre.
An einem Nebentischchen sass ein offensichtlich ganz verliebtes Pärchen. Den Lesern sei hier verraten, dass es sich bei den beiden Partnern um die bis zur Unkenntlichkeit geschminkte Polizeiassistentin Claudia Denner und den mit einem braunen Schnäuzchen veränderten Detektiv Rolf Burkhart handelte. Denn sobald Daniela Müller mit Franz Streitwolf ein erneutes Treffen vereinbart hatte, konnte aus den Aufzeichnungen der abgehörten Telefongespräche von der Polizei ausgemacht werden, dass Franz Streitwolf eben diesen Tisch für heute Abend reservieren liess. Franz Streitwolf musste persönlich grosses Interesse an einem Zusammenkommen mit Daniela Müller haben, denn wie ebenfalls aus den abgehörten Telefongesprächen festzustellen war, hatte er eine Zusammenkunft mit einem offenbar wichtigen Geschäftspartner auf die kommende Woche vertagt. Dies schien dem Betreffenden nicht so ohne weiteres zu behagen. Franz Streitwolf aber hatte geschickt plädiert, es sei in ihrem beiderseitigen Interesse, dieses Treffen zu verschieben. Abschliessend verstieg sich der gerissene Franz Streitwolf noch zur Äusserung, dass sich sein Partner – sollte er auf der vereinbarten Abmachung beharren – bestimmt damit keinen Gefallen erweisen würde!
Kommissar Max Affolter hatte daraufhin, also in Kenntnis all dieser Umstände, angeordnet, dass Claudia Denner und Rolf Burkhart sich zu einem dienstlichen, das heisst auf Berufsspesen anrechenbaren Nachtessen an einem Nebentischchen einzufinden hätten. Sie könnten auf diese Art während des ganzen Abends die Geschehnisse am Tische von Franz Streitwolf und ihrer Arbeitskollegin diskret – mindestens optisch – aus nächster Nähe mitverfolgen.

Franz Streitwolf und Daniela Müller bestellten sich als Apéro ein Bier – Cynar und Salzmandeln mit Erdnüsschen. Als Entrée bestellten sie sich dann einen gemischten Salat und als Hauptgang das als Spezialität des Hauses bekannte Fondue Bacchus. Als Dessert wählten sie schon zum voraus Vanille-Glace mit Rahm und einer heissen Baumnusssauce. Sie liessen sich zum Hauptgang eine Flasche Château Brane – Cantenac Margaux Jahrgang 1971 servieren. Daniela Müller bat ihrerseits noch um eine Flasche Mineralwasser, da sie es nicht gewohnt war, so schweren Wein zu trinken, wie sie vorgab.
Die Unterhaltung drehte sich schon bald um das angebliche Thema dieses Treffens, um Bruno Kaltenbach! – Daniela Müller, die sich festlich angezogen und ganz sorgfältig zurechtgemacht hatte, strahlte nur so vor sprudelnder Unternehmungslust. Sie zeigte Herrn Streitwolf ganz offen ihren Missmut über die ineffizienten Nachforschungen der Kriminalpolizei, aber so sei es eben! Junge Kräfte, wie zum Beispiel sie persönlich, die hätten keine Chancen das Sagen zu bekommen oder erst dann, wenn auch sie schon ausgebrannt wären, wie zum Beispiel der allerseits bekannte Kriminalkommissar Max Affolter. Dieser wolle jetzt, dass sie bei Herrn Streitwolf, hier, abkläre, ob Bruno Kaltenbach ein Raucher gewesen sei. – Wenn er ein Raucher gewesen sei, dann käme ihre nächste schon vorprogrammierte Frage an ihn. Wenn Bruno Kaltenbach kein Raucher gewesen wäre, dann sei die ganze Nachforschungsübung schon beendet! Wenn es ihr nicht Spass machen würde, mit ihm heute zusammenzutreffen, so hätte sie diesen läppischen Auftrag nie angenommen.
Franz Streitwolf zeigte sich von seiner charmantesten Seite und tröstete Daniela Müller, dass eben die meisten Menschen, denen man im Leben begegne, hilflose Anfänger wären und nur ganz wenige, eben zum Beispiel er und seine Mitarbeiter, wüssten, wie der Hase laufe! Innerlich dachte er, dass er und seine Kollegen ja gerade von diesen angeblich hilflosen Anfängern lebten. Laut sagte er jetzt, dass Bruno Kaltenbach ein Zigarrenraucher gewesen sei. Erklärend fügte er bei, dass Flexibilität für einen Angestellten in einem Unternehmensberatungsbüro das Alpha und Omega seien! Wenn zum Beispiel ein zu Untersuchender ein fanatischer Nichtraucher sei, so müsse man nur, quasi wie im Vergessen eine Zigarre heraus-

nehmen und diese demonstrativ in Brand setzen. – Daniela Müller musste an ihren Chef denken. – Wenn sich der andere dann beschwere, fuhr Franz Streitwolf fort, dann sage man ihm einfach, er müsse lernen, tolerant zu sein, wenn er mit andern zusammen arbeiten wolle! Offenbar sei er einer jener Typen, welche alles andere als duldsam wären gegen die natürlichen Schwächen ihrer Mitmenschen. Diese Taktik setze man solange fort, bis der Betreffende die Nerven zu verlieren beginne. Dann hätte man meist ein leichtes Spiel mit ihm. Man könne ihn mit seinen Aussagen dorthin locken, wohin man es vorgesehen hatte. Im richtigen Moment könne man dann jeden festnageln. Doch er wolle jetzt keine Ausbildung betreiben und sie auch nicht für den faszinierenden Beruf einer Unternehmensberaterin begeistern. Das erstere wäre ja Wasser in den Rhein getragen bei einer Polizeibeamtin, meinte er mit einem wissenden Lächeln. Es gehe ihm jetzt vielmehr darum, die von Kommissar Affolter vorprogrammierte nächste Frage an ihn zu vernehmen. Claudia Denner setzte eine wichtigtuerische Miene auf und meinte: «Herr Streitwolf, wissen Sie, wo Herr Bruno Kaltenbach seine Zigarren einkaufte? Kommissar Affolter ist sehr erpicht, dieses Zigarrengeschäft ausfindig zu machen! Aus Erfahrung glaubt er zu wissen, dass die Verkäuferinnen oder auch Verkäufer in den Zigarrenläden oft die Rolle eines Seelenlotsen für ihre alleinstehenden Kunden spielen, ähnlich einer Barmaid oder einem Coiffeur für ihre regelmässigen Kunden.»
Franz Streitwolf fand dies eine interessante und auch originelle Vorgehensart, um mehr über seinen verstorbenen Mitarbeiter zu erfahren. Leider könne er ihr hier nicht weiterhelfen, erklärte er Fräulein Müller. Um das Privatleben seiner Mitarbeiter bekümmere er sich überhaupt nicht! Es sei schon fast erstaunlich, dass er gewusst habe, dass Bruno Kaltenbach der jüngere Bruder des bekannten Medizinprofessors gewesen sei.
Daniela Müller liess nun ihren charmanten Gastgeber während des so gemütlichen Fondue-Bacchus-Essens wissen, dass Kommissar Max Affolter den Mordfall am pensionierten Detektiv Paul Glaser praktisch aufgeklärt habe.
Nächstens werde er als mutmasslichen Täter, das sage sie ihm jetzt ganz vertraulich, den Werbefachmann und Inhaber der gleichnamigen Werbeagentur, nämlich Herrn Marcel Acker-

mann, verhaften. Es sei der Polizei gelungen, einen Hut, den der Mörder von Paul Glaser mit allergrösster Wahrscheinlichkeit getragen habe, sicherzustellen. Im Futter dieses Hutes konnten im Polizeilabor noch einzelne Haare gefunden werden, welche mit Hilfe der Neutronenaktivierungsanalyse als Haare von Marcel Ackermann identifiziert werden konnten. Diese Identifikationsmethode sei, wenn ein Mensch seine Essensgewohnheiten nicht drastisch ändere, mindestens so zuverlässig, wie die Identifizierung auf Grund von Fingerabdrücken. Für Kommissar Affolter sei es somit praktisch klar, dass Marcel Ackermann der gesuchte Mörder von Paul Glaser sei, also diesen aus dem fahrenden Zuge gestossen habe. – Allerdings könne sich Kommissar Affolter auf Grund seiner bisherigen Untersuchungen keinen Vers auf eine Verbindung zu Bruno Kaltenbach machen. – Warum hat Bruno Kaltenbach Marcel Ackermann als Begünstigten bei einem eventuellen Todesfalle während seiner Ferienreise bei der Versicherungsagentur Ziswiler gemeldet? Diese Frage sei von Kommissar Affolter schon x-mal zu beantworten versucht worden, aber immer vergebens! Ja, auf Grund aller bisherigen Abklärungen müsse man jetzt annehmen, dass Bruno Kaltenbach ganz von sich aus diese Verfügung angeordnet habe. Man nehme einen Fall von einer Art emotionaler Dankbarkeit dem Inhaber der Werbeagentur Ackermann gegenüber an. Bruno Kaltenbach wollte sicher niemanden anders als Begünstigten nennen. Diese Ferien-Todesfallversicherung war im gewonnenen Preise ja inbegriffen. Zwei unabhängig befragte Personen von der Versicherungsagentur haben diesen Sachverhalt bestätigt und sich schriftlich bereit erklärt, diese Aussage jederzeit vor Gericht zu bezeugen.
Franz Streitwolf schien diesen Ausführungen von Daniela Müller nur halb interessiert zuzuhören, wie das Pupillenspiel seiner Augen verriet. Eben hatte er wiederum ein neues der fächerartig auf einer Platte angeordneten Holzstäbchen mit den aufgespiessten Fleischstückchen in die feine leicht siedende Fondue-Bacchus-Weinsauce getunkt. Unglücklicherweise stiess er dabei an sein noch gut halbvolles Rotweinglas, so dass dieses umfiel. Der ausfliessende Wein ergoss sich über das Tischtuch und teilweise auch über seinen dunklen Anzug. Franz Streitwolf nahm dieses Missgeschick gelassen. Er ent-

schuldigte sich bei Fräulein Daniela Müller, er müsse rasch hinausgehen und sich diese Weinflecken etwas auswaschen. Auf diese Art liesse sich das Schlimmste verhüten, und bei der chemischen Reinigung würden dann sicher alle Weinflecken aus dem Anzuge entfernt werden können. Dann stand er auf, lehnte ihre Hilfe dankend ab und ging in den Waschraum. Zwei Kellner, die den Vorfall bemerkt hatten, kamen sehr diskret der zurückgebliebenen Dame zu Hilfe. Das heisst, während der eine mit ihr redete, genauer gesagt sehr freundlich und lächelnd auf sie einsprach, bedeckte der andere mit gekonnter Eleganz das befleckte Tischtuch. Er brachte ein frisches Glas und füllte dieses – die linke Hand geziert an seinen Rücken haltend – mit dem herrlichen Rotwein. Auf diese Art war schon nach ein paar kurzen Augenblicken das ganze Malheur aus der Welt geschafft, einfach wie weggezaubert.
Franz Streitwolf kam schon sehr bald wieder zurück. Mit ganz zufrieden strahlendem Gesicht liess er seinen Gast wissen, alles sei wieder in bester Ordnung und man wolle sich den gemütlichen Abend ja nicht verderben lassen. – Daniela Müller musste innerlich bewundernd zugeben, dass Franz Streitwolf die Situation wirklich vorbildlich gemeistert hatte. Sie wollte aus diesem Vorfall für sich persönlich eine Lehre ziehen. Ihr soeben gefasster Vorsatz beinhaltete, beim nächsten ihr zustossenden Missgeschick auch so «cool» zu reagieren!
Die beiden alles heimlich beobachtenden Gäste am besagten Nebentisch, also unser Detektiv-Liebespärchen Claudia Denner und Rolf Burkhart, taten so, als hätten sie vom ganzen Vorfall überhaupt nichts bemerkt. Rolf erklärte seiner Arbeitskollegin eben, dass er einmal gehört habe, dass zu Urgrossmutters Zeiten die in eine junge Tischnachbarin verliebten Männer dieser bei passender Gelegenheit unglücklicherweise ein Glas Wasser über das Abendkleid gossen. Die zwei Verliebten hatten dann Gelegenheit, sich gemeinsam an einen einsamen Ort zurückzuziehen zur Behebung des Schadens. – Claudia Denner wollte eben eine Anspielung auf eine sinnverwandte Situation zur Pfahlbauerzeit machen. Doch sie verlor plötzlich den Faden ihrer Geschichte. Dafür trat sie, die ja mit dem Blicke zur Türe gerichtet am Tische sass, Rolf Burkhart – wie verabredet – auf die Schuhspitzen. Das hiess: «Alarm»! Sich ja nichts anmerken lassen. Die schon längst erwartete

Blumenverkäuferin war ins Restaurant gekommen. Jetzt würde sie von Tisch zu Tisch gehend ihre Rosen feilbieten, mit der so typisch schleimigen, immer in der gleichen Tonhöhe liegenden Fistelstimme. Wann würde sie an den Tisch von Franz Streitwolf kommen? Würde heute auch eine Botschaft ausgetauscht? – Ganz sicher war, dass heute abend in diesem Eventualfalle drei Augenpaare unablässig die Blumenverkäuferin und Franz Streitwolf beobachten würden. Jeder Briefaustausch war so mit Gewissheit auszumachen. Wenigstens wähnten dies die beiden Polizeiassistentinnen und Rolf Burkhart.
Doch als die Blumenverkäuferin zum Tische von Daniela Müller und Franz Streitwolf gekommen war und ihre Rosen für die hübsche Dame anbot, konnten die scharfen Beobachter nichts Aussergewöhnliches feststellen. – Franz Streitwolf suchte wiederum mit vollendeter Schauspielergestik sieben prächtige Rosen für seine so charmante Tischpartnerin aus und überreichte ihr diese mit aufsehenerregender Bravour. Jedermann, der zusehen musste, bekam unwillkürlich vor lauter Freude leuchtende Augen. Man gönnte sicher dieser jungen, charmanten Dame diesen so liebevoll überreichten prächtigen Rosenstrauss. Ein Kellner brachte ungeheissen eine mit Wasser gefüllte Vase zum vorläufigen Einstellen der Blumen herbei. Franz Streitwolf entlohnte die Blumenverkäuferin fürstlich. Er gab ihr eine 20-Franken-Note und dann noch ganz speziell eine 10-Franken-Note. Den fast überschwenglichen Dank der Blumenverkäuferin quittierte er mit einem distanzierten, leisen Lächeln. – Claudia Denner hatte scharf beobachtet, wie die Verkäuferin die speziell überreichte 10-Franken-Note in ein separates Fach ihrer eigenartigen Geldbörse legte. Wo nur hatte sie diese Art Portemonnaie schon gesehen, wollte sie sich krampfhaft erinnern? Aber im Moment kam es ihr nicht in den Sinn, dass ein Strassenverkäufer vor noch nicht so langer Zeit vor einem Warenhaus in der Freien Strasse solche Geldbörsen quasi als Zauberportemonnaie verkauft hatte. Man konnte damit beim Öffnen und Schliessen Geldscheine verwandeln oder gar verschwinden lassen.
Die Blumenverkäuferin kam jetzt gezielt auf den Tisch von Claudia Denner und Rolf Burkhart zu. – «Rosen, schöne Rosen für die hübsche junge Dame?» lockte sie mit ihrer unna-

türlichen Stimme. Rolf Burkhart war entschlossen, dieses Angebot dankend abzulehnen und wollte der Blumenverkäuferin dies eben zu verstehen geben. – Doch diese beugte sich überraschend zu ihm nieder und flüsterte: «Mein Herr, für 10 Franken gebe ich Ihnen alle meine restlichen Rosen hier! Sie beide sind ein entzückendes Liebespaar und erinnern mich an ein schönes, weit zurückliegendes Erlebnis! Ich möchte Ihnen und auch mir selbst mit dieser Geste eine besondere Freude bereiten! Sie müssen diese einmalige Gelegenheit wahrnehmen, junger Mann und alle diese prachtvollen Rosen für dieses Trinkgeld erstehen!» – Rolf Burkhart änderte daraufhin seine Absicht. Er griff zum Portemonnaie und übergab der so grosszügigen Blumenverkäuferin 10 Franken, womit er stolzer Besitzer des ganzen restlichen Blumenstrausses wurde. Mit schlichter Gebärde und fast etwas verlegen überreichte er diese Rosenpracht der ganz überraschten Claudia Denner! – Ein Kellner brachte zuvorkommenderweise einen mit Wasser gefüllten Eiskessel, um auch diesen Rosenstrauss vorläufig einzustellen. – Claudia Denner, welche das unglaublich verlockende Angebot an ihren gegenübersitzenden Tischnachbarn nicht mitgehört hatte, wusste nicht, was sie denken sollte! War Rolf Burkhart von dieser Hellseherin vielleicht hypnotisiert worden? War er seiner Sinne wirklich noch mächtig, als er ihr, also Claudia Denner, vorhin alle diese Rosen schenkte? – Wie zur Erlösung aus diesem Dilemma tippte er zur Erklärung mit einem Fuss kurz auf ihre Fussspitzen. Das hiess, ich weiss etwas, kann es aber im Moment aus Sicherheitsgründen nicht sagen! – Rolf Burkhart war ein sehr vorsichtiger und überlegt handelnder junger Mann.

In der aus einer Mischung von grosser Freude und Unverstehen entstandenen Aufregung verpasste Claudia Denner den Augenblick, in welchem die Blumenverkäuferin das Restaurant verliess. Sie wurde sich dieser Unterlassung auch schon bald bewusst. Allerdings tröstete sie sich, dass irgend jemand von Emil Klötzlis Überwachungstruppe die Spur der Blumenverkäuferin, sobald sie das Restaurant verlassen hatte, weiterverfolgen würde, wie dies jetzt schon seit fast drei Wochen der Fall war.

Claudia Denners Platz war der bestgelegene zur Beobachtung der Ein- und Ausgangstüre, wie auch des Zugangs zu den Toi-

letten. Praktisch ohne den Kopf seitwärts bewegen zu müssen, hatte sie, sobald sie aufblickte, den vollen Überblick über diesen Teil des Restaurants. Sie konnte so jedes Kommen und Gehen registrieren. Nach sagen wir 10 Minuten sah sie zu ihrem Erstaunen, dass die Hellseherin, alias Blumenverkäuferin, eben von der Toilette herkam und dann das Restaurant durch die danebenliegende Ein- und Ausgangstüre verliess. Das war hochinteressant! – Beruhigt wusste sie, dass ihre vorherige Unachtsamkeit als Türbeobachterin nur ihre Privatsache bleiben würde. Sie konnte bekanntgeben, dass die Blumenverkäuferin das Restaurant in der Aufmachung der Hellseherin verlassen hatte, und zwar um 21.40 Uhr. Der draussen wartende Verfolger würde bestimmt dasselbe rapportieren. – Glück musste man eben haben!
Die weitern Geschehnisse dieses Abends im Restaurant Safran Zunft können wir uns schenken.
Beim kurzen Rapport am folgenden Morgen im Büro von Kommissar Max Affolter berichteten einerseits die drei Beobachter aus der Safran Zunft, andererseits Emil Klötzli. – Letzterer eröffnete, dass die Blumenverkäuferin um ca. 21.10 Uhr das Restaurant Safran Zunft mit fast noch vollem Blumenkorb betreten habe. Um ca. 21.40 Uhr sei sie dann in der bekannten Aufmachung der gut aussehenden Hellseherin ohne Rosenkorb aus dem Restaurant gekommen und auf kürzestem Wege per Tram Nr. 15 vom Marktplatz bis zum Aeschenplatz zu ihrer Wohnung, welche sie als Hellseherin benützte, gegangen. Gegen 23.30 Uhr sei sie dann mit dem Tram Nr. 14 vom naheliegenden Aeschenplatz bis zum Bläsiring gefahren. Ganz ungewöhnlicherweise habe sie das Haus, wo sie stundenweise als Hellseherin lebte, zu dieser späten Abendstunde in der Aufmachung der Blumenverkäuferin – mit leerem Blumenkorb natürlich – verlassen. Dies hätte sie in der Zeit, seit sie überwacht wurde, bisher noch nie getan.
Kommissar Max Affolter hörte sich diese Berichterstattung seiner so zuverlässigen Mitarbeiter mit sichtlichem Vergnügen bis ins letzte Detail an. Er zog dabei zufrieden an seiner Lieblingspfeife und liess die dichten aromatischen Rauchschwaden pausenlos in die Luft steigen. – Seine Frau wusste am besten, was diese Art Rauchen zu bedeuten hatte. Immer dann, wenn sie in einer Schachpartie von ihrem Gatten in den näch-

sten paar Zügen Schachmatt gesetzt wurde, pflegte er instinktiv so zu rauchen.
Kommissar Affolter dankte allen für ihre mustergültige Arbeit. Dies war grossartige Detektivarbeit gewesen. – Er verstieg sich noch zur Äusserung, jetzt auch einmal eine Honigfalle mit Erfolg gestellt zu haben. Als Einziger war er hundertprozentig überzeugt, dass zwischen Franz Streitwolf und der Blumenverkäuferin ein Informationsaustausch stattgefunden hatte. Die beiden toten pensionierten Detektiv-Kameraden hatten mit ihrer Bilderbotschaft an die Polizei den Fall ihres und auch anderer Menschen Mörder eigentlich gelöst! Aber er wollte dies seinen Mitarbeitern im Klartext aus wohlerwogenen Gründen nicht oder noch nicht bekanntgeben. Er musste seine Mitarbeiter für den bevorstehenden Einsatz schonen! Kaum jemand aus der «Beresina»-Gruppe hätte ihm – im jetzigen Moment – vorbehaltlos Glauben geschenkt.
Dafür gab er jetzt Anweisung an alle vier, nach Hause zu gehen und sich dort in Pikettstellung auszuruhen. Er rechne damit, dass die ganze «Beresina»-Gruppe bald – hoffentlich wohlausgeruht – in einem Grosseinsatz bei dieser Mörderjagd in Basel ihr Möglichstes tun müsse. Er selbst gehe vorbildlicherweise auch nach Hause und versuche vorzuschlafen, um für die erwarteten Ereignisse voll gewappnet zu sein. – Fräulein Höfler würde ihn in einem Notfalle tagsüber alarmieren. In weniger als 15 Minuten sei er jederzeit im Spiegelhof und wenn es auch einmal unrasierterweise sein müsste. – Während der übrigen Zeit würde er von demjenigen Polizeibeamten, welcher die Telefonüberwachungen kontrollierte, direkt, also nicht via seine Sekretärin, alarmiert. Wenn keine Fragen mehr wären, so könnten sie jetzt alle über sich verfügen und wie er versuchen, möglichst viele Kräfte zu sammeln für den bevorstehenden Grosseinsatz.
Kommissar Max Affolter traf, als er den Spiegelhof kurz vor Mittag verliess, um nach Hause zu gehen, quasi rein zufällig die beiden «stillen» Mitarbeiter der «Beresina»-Gruppe Hans Regenass und Fritz Bürgi. Diese wollten unangemeldet bei ihm vorbeikommen, um ihm auszurichten, dass Herr Marcel Ackermann offenbar verunfallt sein müsse. Sie hätten beobachtet, dass dieser seinen linken Arm bis zum Ellenbogen eingegipst in einer Schlinge trage. – Kommissar Affolter dankte

seinen Freunden für diese Information. Allerdings schien er von dieser Meldung nicht besonders beeindruckt zu sein. Wenigstens empfanden Hans Regenass und Fritz Bürgi dies so, als sie, schon nach ein paar Minuten wieder alleine gelassen, ihren Weg gegen den Marktplatz hin weitergingen.

Kommissar Max Affolter nahm zu Hause gemeinsam mit seiner Gattin ein herrliches, mit grosser Liebe zubereitetes Mittagessen ein. – Er erklärte seiner Frau, dass er Pikettdienst hätte. Er rechne jederzeit mit einem entscheidenden Einsatz und wolle sich deshalb zur Ruhe begeben. Frau Affolter besass das nötige Verständnis für solche eigentlich sehr selten vorkommende Situationen. Dies war nun einmal der Preis, den eine Gattin eines Polizeibeamten zu zahlen hatte.

Den ganzen Nachmittag hindurch schlief Kommissar Affolter wie ein Murmeltier. Als ihn seine Frau gegen 17.30 Uhr zum gemeinsamen Nachtessen weckte, fühlte er sich ausgeruht und war in einer Bombenstimmung, so dass er glaubte, fast Bäume ausreissen zu können.

Nach dem gewohnten einfachen Nachtessen mit Kaffee, Brot, Butter, Konfitüre und Greyerzerkäse wollte Kommissar Affolter zur beidseitigen Kurzweil mit seiner Frau noch eine Partie Schach spielen.

Nachdem er mit gewohnt feierlichem Ritual seine Pfeife angezündet und seine Frau unterdessen das Geschirr abgeräumt hatte, holte er das Schachbrett und die Figuren hervor. Ganz automatisch begann er die Schachfiguren, so wie sie ihm in die Hand kamen, jeweils an den ihnen zugewiesenen Platz zu stellen. – Bauer blieb Bauer! Dafür gab es für ihn mehr Startplätze auf dem Schachbrett als für jede andere Figur. In ganz seltenen Fällen konnte er sich im Verlaufe eines Spiels sogar in eine Dame verwandeln, niemals aber in einen König. Ein Rösselsprung konnte nur ein Springer ausführen, nicht einmal der König oder die Dame. Es war eigentlich ein Spiel, welches viel aus dem täglichen Leben verklausuliert enthielt. – Plötzlich schrillte das Telefon. Der anhaltende Ton verriet sofort, dass es ein Alarmanruf vom Polizeikommando her sein musste.

Als Kommissar Max Affolter den Anruf beantwortete, meldete sich Paul Märki. Er informiert seinen Chef, dass von Emil Klötzli eben berichtet worden sei, dass die dauernd überwachte Blumenverkäuferin in der Aufmachung der Hellseherin die

Werbeagentur Ackermann gegen 18.15 Uhr betreten habe. Für Kommissar Affolter waren damit die Würfel gefallen! Er war sich jetzt seiner Sache ganz sicher! Ruhig aber sehr bestimmt befahl er Paul Märki via verschlüsselten Polizeifunk einen der dauernd patrouillierenden Streifenwagen der Polizei zur verstärkten Überwachung der Werbeagentur Ackermann einzusetzen. Vor allem gelte es festzustellen, ob auch der bekannte Unternehmensberater Franz Streitwolf diese Werbeagentur aufsuche. In einem solchen Falle müsste dieser beim Verlassen der Werbeagentur ebenfalls überwacht werden. Alle Schritte der Blumenverkäuferin oder von Franz Streitwolf – sei es gemeinsam oder getrennt – müssten mitverfolgt werden. Im übrigen komme er, Affolter, im Verlaufe der nächsten halben Stunde in sein Büro. Die restlichen Mitglieder der «Beresina»-Gruppe sollten vorläufig noch nicht alarmiert werden, so dass sie sich weiterhin in Pikettstellung ausruhen und Reservekräfte sammeln könnten.

Nach knapp einer halben Stunde war Kommissar Max Affolter dann fein säuberlich rasiert und mit aufgeräumtester Stimmung in seinem Büro im Spiegelhof eingetroffen. Sein langjähriger Mitarbeiter Paul Märki berichtete ihm eben, dass die Hellseherin die Werbeagentur Ackermann in der Zwischenzeit schon wieder verlassen habe. – Franz Streitwolf sei bisher dort noch nicht aufgetaucht. Die weitere Überwachung der Werbeagentur würde eingestellt.

Kommissar Affolter nahm dies ohne sonderliche Reaktion entgegen. Bedächtig und äusserst schweigsam zog er intensiver als gewöhnlich an seiner Pfeife. Er sagte zu Paul Märki, dass er ihn im Moment nicht mehr benötige. Doch sei es wichtig, dass er ihn über alle Vorfälle, die bezüglich der Angelegenheiten der «Beresina»-Gruppe gemeldet würden, sofort orientiere. Also zum Beispiel über die abgehörten Telefonanrufe bei den tatverdächtigen Personen usw. Für Paul Märki war dies so selbstverständlich wie nur etwas.

Die ganze Nacht über geschah diesbezüglich aber nichts Besonderes. Paul Märki war in der Morgenfrühe von René Lederach bei der Arbeit abgelöst worden. Kommissar Affolter war mit eisernem Durchhaltewillen die ganze Nacht hindurch auf seinem Posten geblieben. Er hatte in dieser Zeit viel, sehr viel nachgedacht. Für ihn war die Serie der unheimlichen Mordfäl-

le praktisch gelöst, und er wusste auch, wie er nächstens zum entscheidenden Schlage ausholen wollte. Wenigstens glaubte er dies zu wissen! Die Falle war meisterhaft gestellt. Seiner Meinung nach gab es für die Täter kein Entrinnen mehr. Von Emil Klötzli wurde routinemässig noch berichtet, dass die Hellseherin via «Umkleidestation» Kantonsspital als Blumenverkäuferin schon vor 20.30 Uhr ihren Wohnsitz am Bläsiring betreten habe und seither noch nicht wieder verlassen habe. Kommissar Affolter entschloss sich daraufhin, ebenfalls in Pikettstellung nach Hause zu gehen.
Als er die paar Schritte vom Spiegelhof zum Totengässlein zurücklegte, stieg seine Spannung mit jedem seiner Schritte heimzu! Er konnte es fast nicht mehr erwarten, Gewissheit zu haben, dass die Falle zugeklappt war, als die gesuchten Mörder nach seinem raffiniert ausgelegten Köder schnappten. – Doch wir wollen die Geduld unserer Leser jetzt nicht mehr länger in Anspruch nehmen.
Es mochte so gegen 10 Uhr des übernächsten Tages sein, als bildlich gesprochen die Bombe platzte. Im Nu wurde die ganze «Beresina»-Gruppe aufgeboten und versammelte sich vollzählig um 10.30 Uhr zu einem Ad-hoc-Rapport, den Polizeidirektor Harzenmoser persönlich leitete.
Nach einer knappen Begrüssung berichtete Polizeidirektor Harzenmoser, dass er folgenden Geständnisbrief mit der heutigen 9-Uhr-Post erhalten habe:

Marcel Ackermann   *Basel, Mittwoch, den 24. Oktober 84*

Herr Polizeidirektor Harzenmoser,
ich, Marcel Ackermann, gebe auf! Ich kann es nicht mehr ertragen, Gewissheit zu haben, dass die Polizei um meine Verbrechen weiss und ihrerseits nächstens mit meiner Verhaftung zuschlagen wird. – Wie sind ihre Bluthunde wohl auf meine Spur gekommen? – Ich will es nicht mehr wissen. Ich mache Schluss mit meinem Leben! Letzhin hat so ein angeblich pensionierter Detektiv meine alte SBB-Dienstmütze ausgeliehen. – Sicher wollte er mir irgendwie einen Tip geben. Mir sagen, dass es für mich fünf vor zwölf wäre und ich keine Chance mehr hätte, einer lebenslänglichen Gefängnisstrafe zu entfliehen.

Ich könnte mich ohrfeigen, dass mir dies passiert ist. Doch ich will jetzt alles chronologisch aufzeichnen. Der unerbittlich grausame Ablauf all dieser Geschehnisse soll zeigen, dass ich eigentlich ein Opfer meiner Umgebung geworden bin.
Also beginnen wir! Es war irgendwann im Frühling dieses Jahres, da besuchte mich ein Herr Bruno Kaltenbach. Er führte sich bei mir so ein, dass er von massgeblichen Leuten gehört hätte, was für ein Teufelskerl ich wäre! Die gerissenste Werbeagentur der ganzen Region würde von mir brillant gemanagt. Ich fühlte mich sogar noch geschmeichelt, denn dieser Herr Kaltenbach wies sich als Mitarbeiter des bekannten Unternehmensberatungsbüros Franz Streitwolf aus. Ganz hemmungslos machte er mir den Vorschlag, ihn zwecks eines Alibis doch die eben als Wettbewerb ausgeschriebene Ferienreise nach der Insel Mauritius gewinnen zu lassen. Er sagte mir, ich sei sicher auch alt genug, um zu wissen, dass im Leben überall nur mit gezinkten Karten gespielt würde. Dies sei schon von jeher so gewesen. Dabei lachte er so hämisch, wie der Leibhaftige selbst. Ganz ungeniert liess er mich wissen, dass er einer zu erwartenden Erbschaft wegen seinen Bruder, den bekannten Prof. Dr. med. Kaltenbach, auf gerissenste Art in die ewigen Jagdgründe schicken werde. Dazu brauche er aber dieses Alibi von mir. Er würde mich fürstlich belohnen. Ja, sogar noch die im Preis eingeschlossene Ferientodesfallversicherung zu meinen Gunsten abschliessen, damit ich, wenn zufälligerweise ihm etwas zustossen würde, bevor er an die Erbschaft herangekommen sei, trotzdem nicht leer ausgehen müsse! Sofort willigte ich ein und besiegelte mit diesem Teufelspakt so mein weiteres Schicksal.
Da ich alles, was ich bisher in meinem Leben unternommen hatte, mit eiserner Disziplin und mit grösster Konsequenz und bedingungslosem Einsatz durchgeführt hatte, wollte ich dieses jetzt ebenfalls auf den Fall Kaltenbach anwenden. – Ich beschloss, selbst auch ein Doppelspiel zu treiben. Ich liess Bruno Kaltenbach also diese Ferienreise gewinnen, informierte aber meine Zwillingsbrüder in Madagaskar, dass sie den Ferienreisenden Bruno Kaltenbach auf Mauritius ertrinken lassen sollten. Das «Wie» musste ich meinen tüchtigen Brüdern nicht vorschreiben. Die wussten sich immer zu helfen. Dann informierte ich Prof. Dr. med. Kaltenbach, dass ich wisse, dass er mit seinem Bruder zusammen nächstens eine grosse Erbschaft machen werde. Er

stünde deswegen in Lebensgefahr! Aber ich hätte seinem Bruder, also Bruno Kaltenbach, ein Billett Mauritius einfach verpasst. Ich hoffe, dass er sich mir gegenüber, wenn er die ganze Erbschaft dann erhalten habe, ebenfalls erkenntlich zeige. Mehr musste ich nicht sagen! Der Professor schien mich und meine Warnung verstanden zu haben. Dann nahm alles seinen geplanten Lauf. Bruno Kaltenbach ertrank bei der Insel Mauritius im Indischen Ozean. Ich erhielt von der Versicherungsagentur Ziswiler die 250 000 Franken als Begünstigter bei einem Todesfalle von Bruno Kaltenbach als Ferienreisender. – Allerdings folgte jetzt als Fluch der bösen Tat das erste Unheil, indem mir dieser Prof. Dr. med. Kaltenbach einen pensionierten Detektiv namens Paul Glaser anhetzte. Prof. Kaltenbach liess mich wissen, dass mir nichts passieren könnte oder würde, wenn ich von ihm kein Schweigegeld erpressen würde! – Aber mit meiner Ruhe war es vorbei. Jetzt war ich zum erstenmal erpressbar geworden, musste ich mir eingestehen. Als nächsten Schritt musste ich konsequenterweise diesen Paul Glaser eliminieren. Es war für mich fast ein Kinderspiel, diesen Grossvater aus dem fahrenden Zuge zu stürzen. Dazu bediente ich mich einer alten SBB-Uniform und eben dieser eingangs erwähnten SBB-Dienstmütze, welche ich vom Onkel meiner Mutter als Andenken geerbt hatte. Unglaublicherweise aber wurde der als Unfall getarnte Mord an Paul Glaser von der Polizei sofort als geplanter Mord im Zusammenhang mit den Nachforschungen im Falle Bruno Kaltenbach erkannt. – Ich konnte mir nur noch durch rasches Handeln und blinden Angriff meinerseits eine Rettung erhoffen. Deshalb arrangierte ich den Duelltod meiner beiden nächsten Verfolger. Ich verabreichte beiden, räumlich getrennt, eine wohl dosierte Menge LSD. Dann erklärte ich jedem von ihnen einzeln, dass er sich mit dem Mörder von Paul Glaser duellieren müsste. Ich verhülfe ihm aber zu einem Vorteil, indem ich ihm eine Spezialmunition aushändigen würde. Jeder Treffer mit dieser Spezialmunition sei garantiert tödlich. Allerdings sollte er sich beim Duell nicht zu weit von seinem Gegner entfernen. Sechs Schritte Abstand für beide erachte ich als ideal. Die beiden gingen, ohne etwas von einander zu wissen, auf meinen Vorschlag ein! Jeder von ihnen war bis zum allerletzten Augenblick überzeugt, den Mörder von Paul Glaser vor sich zu haben. So ein LSD-Rausch ist etwas vom Unheimlichsten für die menschliche Psyche. Die schreck-

lichsten Halluzinationen wechseln, wenn man die Opfer sich selbst überlässt, von Augenblick zu Augenblick. Darum darf ich stolz sein, dass ich die beiden ehemaligen Detektive so kontrolliert ihr Duell ausführen liess. Doch jetzt nützt mir auch dies nichts mehr! Ich mache Schluss! Ich gehe ins Wasser! – Garden ergeben sich nicht, sie sterben!

Marcel Ackermann

Mit diesen Worten beendete Polizeidirektor Harzenmoser das Vorlesen des soeben erhaltenen Geständnisbriefes. Er fügte noch bei, dass der ganze Brief handschriftlich abgefasst sei. Nach seinen ersten Erkundigungen sei es zweifelsfrei die Handschrift von Herrn Marcel Ackermann. Der Brief sei auch in einem Geschäftskuvert der Werbefirma Ackermann gesandt worden. Frankiert sei der Briefumschlag durch die Frankiermaschine der Werbeagentur gewesen. Der Aufgabeort sei, wie bei aller Post der Werbeagentur Ackermann, die Hauptpost gewesen!
Polizeidirektor Harzenmoser gab noch bekannt, dass er die sofortige Verhaftung von Herrn Marcel Ackermann sowie auch Herrn Prof. Dr. med. Kaltenbach angeordnet habe! – Er habe ja schon immer gewusst, dass diese phantastische Geschichte mit der angeblichen Bilderbotschaft: «Mord an Paul Glaser im Zug! – Blumenfrau tauscht im Restaurant Botschaft mit Herrn Franz Streitwolf aus», nichts anderes als ein Hirngespinst gewesen sei.
Kommissar Max Affolter erkannte, dass Polizeidirektor Harzenmosers Kritik in erster Linie auf ihn gemünzt war! Aber er wusste, dass er dieses Mal alle Trümpfe in seiner Hand hatte! Er wollte dem so selbstbewussten Polizeidirektor Harzenmoser eine ganz persönlich zugeschnittene Lektion erteilen. Allerdings wusste er zum vornherein, dass jeder Belehrungsversuch bei einer so veranlagten Persönlichkeit, wie sie dieser Polizeidirektor verkörperte, auf die Dauer leider aussichtslos war! Innerlich aber tat es Max Affolter wohl, seinen sich aufstauenden Unmut – wie ein Profilneurotiker – unter mehr als vier Augen loszuwerden. Fast wie weiland das «Tellenbüblein Walter» meldete er sich zu Worte: «Herr Polizeidirektor, ich möchte ein Kunststücklein vorführen! Ich bin sicher, dass Sie mit Ihrem ausgeprägten Sinn für Humor nichts dagegen ein-

zuwenden haben. Also, wenn Sie gestatten!» – Es war in der Runde mäuschenstill geworden. Alle spürten, dass Kommissar Max Affolter sich tief gekränkt fühlen musste, dass er so emotional reagierte! – Doch ganz überlegen lächelnd, ohne jegliche Aggression zu zeigen, fuhr Kommissar Affolter fort: «Meine Damen und Herren, als erstes ziehe ich jetzt vor allen ihren Augen eine Kopie dieses Geständnisbriefes aus meiner Tasche! Hier ist sie!» – Tatsächlich hatte er während dieser Worte drei zusammengefaltete A4-Seiten hervorgezogen und präsentierte diese den Anwesenden. Es war – wie sich jedermann persönlich überzeugen konnte – zweifellos eine Kopie des eben vorgelesenen Geständnisbriefes. Alle, mit Ausnahme von Polizeidirektor Harzenmoser, waren sprachlos vor Erstaunen! «Herr Affolter, wann haben Sie diese Kopie zugestellt bekommen?» forschte der mit einem Phantasiedefizit begabte Polizeidirektor. Das sei nicht so einfach zu beantworten, meinte der Angesprochene. Er müsse dazu, zum bessern Verständnisse aller, etwas weiter ausholen! – Praktisch die gesamte «Beresina»-Gruppe genoss, ohne sich natürlich etwas anmerken zu lassen, dieses «Vater-Sohn-Duell».
Kommissar Max Affolter zog nun ein Minitonband aus seiner Tasche und liess dieses in einem ebenfalls mitgebrachten Kassettenspielgerät ablaufen.
Jedermann konnte so Zeuge eines unheimlichen Geschehnisses werden! Daniela Müller wurde kreideweiss im Gesicht. Mit den eigenen Ohren konnten sie alle vernehmen, wie der eben vorgelesene Geständnisbrief von einer sehr sympathisch wirkenden Stimme jemandem diktiert wurde. Dazwischen liess sich immer wieder eine andere Stimme vernehmen, welche – jawohl – oder einzelne Satzteile gedehnt wiederholte. Dies musste die Stimme des Schreibenden, also von Marcel Ackermann sein! – Einmal zwischendurch liess sich der Stundenschlag einer Wanduhr vernehmen. Es waren, wie sich beim Nachzählen ergab, neun Stundenschläge. Das bedeutete, dass es 9 oder 21 Uhr gewesen sein musste, als dieser Geständnisbrief Herrn Marcel Ackermann diktiert worden war. Es war ja anzunehmen, dass die Uhr die richtige Zeit anzeigte und auch schlug.
Als das sensationelle Tonband abgelaufen war, machte Kommissar Max Affolter allen klar, dass er ihnen eine Erklärung

schulde. Ansonsten könnten Sie die Zusammenhänge nicht erfassen!«Herr Polizeidirektor, meine Damen und Herren», begann nun Kommissar Max Affolter. «Vor knapp drei Wochen hat mir unser Polizeidirektor hier ultimativ den Auftrag gegeben, bis in einem Monat die von der «Beresina»-Gruppe bearbeiteten Mordfälle aufgeklärt zu haben! – Ich versprach, diese Aufgabe termingerecht zu lösen. Wie die meisten von Ihnen wissen, habe ich kurz darauf die Leitung der «Beresina»-Gruppe für einen Tag ganz in die Hand meiner Stellvertreterin Claudia Denner gegeben. An diesem Tag war ich schon um 8.15 Uhr zu Herrn Marcel Ackermann in seine Werbeagentur gegangen. Ich spielte mit ganz offenen Karten, da ich im Verlaufe der Nachforschungen das untrügliche Gefühl bekommen hatte, Herr Marcel Ackermann könne nicht der gesuchte, brutale Mörder von unserem Paul Glaser gewesen sein. Beim Betreten der Ackermannschen Werbeagentur fielen mir oberhalb der Eingangstüre gleich ein paar angebrachte Gaunerzinken auf.
Er zeichnete diese wie folgt an die Wandtafel:

Frommtun lohnt sich   Krankspielen lohnt sich

Hier gibt es Geld

Ich fühlte mich also in meiner persönlichen Überzeugung bestärkt. Bestärkt durch das auf Erfahrung basierende Urteil so mancher fahrender Ganoven!
Als ich dann gleich zu Beginn unserer Begegnung Herrn Mar-

cel Ackermann erklärte, dass wir von der Polizei Kenntnis hätten, dass die von ihm weitergeliehene SBB-Dienstmütze mit Kopfgrösse 63 mit grosser Wahrscheinlichkeit vom gesuchten Mörder des pensionierten Detektivs Paul Glaser getragen worden sei, wollte er dies erst kaum glauben. Ich bat ihn dann, mit mir in meine Wohnung am Totengässlein 1 zu kommen. Wir betraten meine Wohnung durch den Eingang des Schweizerischen Pharmaziehistorischen Museums über den dortigen schmucken Innenhof. In meiner Wohnung wartete schon ein Mitarbeiter des kriminaltechnischen Labors. Dieser zeigte Herrn Ackermann seine kürzlich an Fritz Bürgi ausgeliehene SBB-Dienstmütze sowie auch einige im Hutfutter gefundenen Haare. – Mit einem tragbaren Neutronenaktivierungsanalysengerät bewies dieser Beamte dann, dass die gefundenen Haare auf Grund der Verhältniszahlen der untersuchten Spurenelemente ganz eindeutig diejenigen von Marcel Ackermann sein mussten. Herr Marcel Ackermann, der die Untersuchungen durchführende Beamte sowie ich steuerten jeder einige frisch ausgerissene Haare bei. Auf Grund der nicht bestreitbaren Resultate erkannte Marcel Ackermann die ganze Tragweite dieser Identifikation. Er wurde ganz ernst. Das geradezu unheimliche Blitzen und Funkeln seiner Augen verriet, dass er innerlich einen Wutanfall durchzustehen schien. Nach ein paar Minuten hatte er sich wieder voll gefasst. Er dankte mir von Herzen, dass ich ihm eine solche Chance zur rechtzeitigen Selbstverteidigung eingeräumt habe. Dann erzählte er dem Mitarbeiter des kriminaltechnischen Labors und mir, dass er in der zweiten Hälfte des Monats Juli einer ihn öfters geschäftlich besuchenden Hellseherin diese Mütze für mehr als einen Monat ausgeliehen habe. Diese verdammte Hexe habe ihm damals noch mit einer angeblichen Gesundheitshaarbürste einige Male über seinen Haarschopf gefahren. Ganz bestimmt, um ein paar Haare von ihm in Besitz zu bekommen. Diese Haare seien dann im Futter des Hutes quasi versteckt worden. Man wollte auf diese Art und Weise vorsorgen, dass die Polizei auch die nötigen Spuren – neben den eigentlichen Fingerabdrücken – von ihm entdecken könne. Diese Theorie schien uns beiden, und sicher scheint sie auch ihnen hier, mindestens einleuchtend zu sein!
Herr Ackermann kombinierte blitzschnell, als er von uns er-

fuhr, dass dieser ermordete Paul Glaser erste Nachforschungen über den Tod von Bruno Kaltenbach angestellt habe. Er, Marcel Ackermann, war ja der Begünstigte bei dieser Ferientodesfallversicherung gewesen. Der Mörder von Bruno Kaltenbach und von Paul Glaser musste diesen Zusammenhang mindestens gekannt, wenn nicht gar arrangiert haben. Herr Ackermann erinnerte sich, dass er im nachhinein einer unsinnigen Wette wegen, genau diese Hellseherin, die den Ferienwettbewerb gewinnende Person aus der mit den Teilnahmescheinen gefüllten Urne ziehen liess. – Diese Hellseherin hätte schon einige Male die Glücksfee bei Wettbewerben in seiner Werbeagentur gespielt. Er hätte nie den geringsten Verdacht geschöpft, dass auf diese Art und Weise bei der Auslosung offenbar nicht der Zufall regierte, sondern dass er mit irgend einem Trick von dieser Hellseherin hinters Licht geführt wurde. Also dass diese zum Beispiel den Wettbewerbstalon des von ihr bestimmten Gewinners in ihrer Hand verborgen hielt, als sie in die Urne hineingriff, um den glücklichen Gewinner zu ermitteln. Er erklärte uns beiden, dass diese raffinierte Hellseherin ihm jedesmal vorher versichert habe, dass sie genau wisse, welchen Gewinner sie aus der Urne herausziehen werde. Er, Marcel Ackermann, habe sie dann immer einen Wettbewerbstalon herausziehen lassen. Jedesmal aber habe die Hellseherin im nachhinhein zugeben müssen, dass sie wieder einmal nicht recht gehabt hätte, sich ihre Voraussage also nicht bestätigte. Denn kein einziges Mal habe sie denjenigen Namen aus der Glücksurne gezogen, welchen sie ihm vorher mit grösster Bestimmtheit als Gewinner genannt habe! Mit diesem plumpen Trick habe sie ihn anscheinend mühelos hereingelegt. Jedesmal habe er sich als Sieger bei dieser Voraussagewette gefühlt. Es tue ihm schon leid, dass er ein solcher Esel gewesen sei.» – Kommissar Max Affolter hielt einen Augenblick in seiner Rede inne. Er dachte an den schon einmal zitierten Spruch seines Vaters: «Stehend Holz und Weiberlist, stärker als der Teufel ist!» Laut fuhr er fort, er habe dann einen bekannten Arzt, welcher nebenamtlich für die Polizei arbeite, aus dem nahen Kantonsspital kommen lassen. Dieser habe dann auf seine Weisung hin ein Mikrophon mit zugehörigem Tonbandaufnahmegerät in einem Kunststoff-Gipsverband über den linken Arm von Herrn Ackermann eingearbeitet. Diese Methode sei – seines Wissens – in Basel das erste Mal angewendet worden. Das ausgezeichnet funktionierende Aufnahmegerät sei japanischen Ursprungs. Den Kunststoffgipsverband hätten sie aus zwei Gründen gewählt: einmal weil er viel leichter als ein konventioneller Gipsverband sei, dann aber auch, weil er praktisch nur von einem Arzt in einem Spital wieder aufgesägt und entfernt werden könnte. Wie er von diesem Arzt gehört habe, würde diese spezielle Kunststoffmasse nicht mehr hergestellt, da in einem Komplikationsfalle nur ein Spital diesen Gipsverband aufsägen könne und mindestens zwei Sägeblätter dazu bis zur Unbrauchbarkeit abnütze. Er habe die restliche Kunststoffmasse gerade aufgekauft, so dass sie für polizeilichen Gebrauch sichergestellt sei. – Sie hätten auch die am linken Arm getragene Arbanduhr von Marcel Ackermann bis auf eine kleine Aussparung für das Zifferblatt mit eingegipst. Dies sei einfach ein spleeniger Wunsch vom begeistert mitmachenden Herrn Ackermann gewesen. Vielleicht ein Werbegag für später, wer weiss? – Durch eine bestimmte Bewegung des Handgelenks konnte Marcel Ackermann nach Belieben das Mikrophon ein- und ausschalten. Auf der Innenseite des Gipsverbandrandes am Oberarm war noch ein Anschluss für ein Kabel zu Reservebatterien vorgesehen. Er hoffe, dass diese Ausrüstung später einmal im Basler Kriminalmuseum ausgestellt würde! – Der eingegipste Arm mit dem verborgenen Mikrophon sei eine zwingende Notwendigkeit gewesen, wenn man davon ausging, dass Herr Ackermann von der Hellseherin oder von Franz Streitwolf, wie ja angenommen werden musste, hypnotisiert werden konnte. Dass sie den linken Arm von Marcel Ackermann für dieses Versteck ausgewählt hätten und nicht etwa den rechten, sei nur auf Ackermanns Wunsch hin, zu seiner Selbstverteidigung die Rechte frei zu haben, geschehen. An das mögliche Schreiben eines Geständnisbriefes hätte damals keiner von ihnen gedacht. – Marcel Ackermann war zwar überzeugt, dass ihn niemand hypnotisieren konnte. Er hatte diese Gewissheit aus seiner Zirkuszeit, wo es keinem Hypnotiseur gelungen war, ihn jemals zu hypnotisieren. – Als dann Herr Ackermann mit der Instruktion, sich alle Tage kurz im Spital bei diesem Arzt telefonisch oder in einem Notfalle persönlich zu melden, nach Hause entlassen worden war, habe er, also Kommissar Affolter, eine Zusammenkunft mit Fräulein Claudia Denner und Fräulein Daniela Müller anberaumt. Bei diesem Rapport habe er Daniela Müller dahingehend orientiert, dass sie ein Treffen mit Herrn Streitwolf arrangieren sollte. Bei diesem Treffen sollte sie Herrn Streitwolf wissen lassen, dass Marcel Ackermann, den er ja bestimmt nur dem Namen nach kenne, nächstens als der gesuchte Mörder von Paul Glaser verhaftet werden sollte. Dank der im Futter einer am Tatorte gefundenen SBB-Dienstmütze sichergestellten Haare sei Herr Ackermann identifiziert worden. Diese Mütze sei zeitweise unauffindbar gewesen, dann aber bei Herrn Ackermann entdeckt worden. Dies war eine der «Beresina»-Gruppe würdige Honigfalle! – Und Franz Streitwolf ging auch prompt auf den Leim. Er musste der Blumenverkäuferin, alias Hellseherin, diese Nachricht mit einem entsprechenden Auftrag im Restaurant Safran Zunft übergeben haben. Nach seiner Meinung habe Franz Streitwolf mit Absicht sein Rotweinglas umgestossen! Das habe ihm die Möglichkeit gegeben, im Waschraum auf die speziell der Blumenverkäuferin überreichte 10-Franken-Note eine Botschaft zu schreiben. Deshalb habe die Blumenverkäuferin sich plötzlich aller ihrer restlichen Rosen entledigen wollen und diese zu so vorteilhaften Bedingungen Rolf Burkhart angeboten. Sie musste sich ja aus irgendeinem Grunde sofort umziehen, und, wie wir jetzt wissen, als Hellseherin in ihre Wohnung in der Nähe des Aeschenplatzes gehen. Am nächsten Tage dann sei die Hellseherin gegen 18.15 Uhr abends zur Werbeagentur Ackermann gegangen. Sie habe Herrn Ackermann, wie er von diesem wisse, erklärt, dass ein wichtiger Kunde von ihr ihn noch heute abend in seinem Büro hier sprechen wolle. Dann sei sie wieder verschwunden! Gegen 19 Uhr sei dann Herr Franz Streitwolf zu Herrn Marcel Ackermann gekommen. Franz Streitwolf habe Herrn Ackermann gleich nach der Begrüssung gebeten, ihm ganz fest in die Augen zu schauen. Marcel Ackermann, der ja vorgewarnt war und wusste, dass er nächstens hypnotisiert werden sollte, machte scheinbar ganz willig mit. – «Franz Streitwolf forderte ihn auf, die Nase zu putzen! Folgsam, wie ein kleines Kind kam Marcel Ackermann dieser Aufforderung nach. Plötzlich hörte er, dass er Flöhe habe und dass es ihn überall am Körper jucke. Marcel Ackermann kratzte wie wild und schnitt vor Pein die schrecklichsten Grimassen, fast wie zur Anfangszeit der Steckbrieffotos die verhafteten Bösewichte. Allerdings taten es letztere nur aus dem Grunde, dass ihr Konterfrei möglichst keine Ähnlichkeit mit ihrem Alltagsgesicht hatte. – Marcel Ackermann umklammerte mit seiner Rechten sein linkes Handgelenk, um zu verhindern, dass noch weitere Flöhe von der Hand her perfiderweise unter seinen Gipsverband kröchen. Franz Streitwolf hatte seine Freude an diesem Schauspiel. Zum Glück wusste er nicht, dass ein anderer als er hier Regie führte! – Mit einem einzigen Worte seiner verführerischen Stimme befreite Franz Streitwolf sein Opfer von dieser Plage. Dann forderte er ihn auf, ein paar Bogen persönliches Briefpapier zu holen. Das weitere haben Sie vorhin grösstenteils via Tonband schon gehört.» Hier schloss Kommissar Max Affolter seine Ausführungen für einen kurzen Moment. Er liess das Tonband jetzt noch weiterlaufen. Alle vernahmen wiederum die ruhige und sympatisch wirkende Stimme von Franz Streitwolf, wie sie jetzt wussten. «Übergeben Sie diesen an den Polizeidirektor adressierten Brief morgen zusammen mit Ihrer übrigen Geschäftspost zur Weiterleitung. Doch vorher machen Sie mir noch eine Kopie! Sie haben doch sicher ein Fotokopiergerät hier?» – Max Affolter stoppte das Tonband hier. Er berichtete dann, dass Marcel Ackermann ins Nebenzimmer gegangen sei und von diesem Schreiben zwei Fotokopien gemacht habe. Die eine liess er im Apparate liegen – eben diejenige welche er vorhin aus der Tasche gezogen habe – die andere übergab er Franz Streitwolf. Dieser habe die Kopie sorgfältig durchgelesen. Er habe sich befriedigt gezeigt und diese Kopie in seine Brieftasche eingesteckt. Franz Streitwolf habe wohlweislich vermieden, das Original des Briefes an den Herrn Polizeidirektor mit seinen Fingerabdrücken zu markieren. Kommissar Affolter spielte jetzt das Tonband weiter ab. «Morgen abend, wenn Sie sich vergewissert haben, dass Ihre Geschäftsausgangspost aufgegeben wurde, dann gehen Sie zum Kraftwerk Birsfelden», vernahmen alle die jetzt vertraute Stimme von Franz Streitwolf. «Auf der Brücke hinter dem Turbinenhaus bleiben Sie stehen und atmen sehr rasch tief ein und aus. Dann blicken Sie eine Zeitlang ins tosende Wasser des Rheins hinab. Plötzlich werden Sie ein Verlangen in Ihnen spüren, in dieses herrliche Nass einzutauchen. Springen Sie aber noch nicht hinab. Dieses Verlangen wird stärker und stärker werden. Sie erinnern sich jetzt, dass im Verlaufe der langen Erdgeschichte eine Evolution aller Lebewesen stattgefunden hat. Das Leben hat im Wasser begonnen. Vom Wasser sind dann einzelne Lebewesen zu Landtieren evolutioniert. Einzelne davon sind dann später wiederum ins Wasser, unser aller ursprünglichstes Lebenselement, zurückgekehrt. Sie, glücklicher Herr Marcel Ackermann, kehren jetzt – ähnlich einem Lungenfisch nach der begonnenen Regenzeit – auch wieder ins Wasser zurück! Wichtig ist nur, dass Sie während des Sprunges ins tosende Wasser, alle Luft aus Ihren Lungen ausatmen. Dann werden Sie sich im Wasser so wohl fühlen wie ein Fisch! Sie werden also morgen abend wie befohlen am besagten Ort auf diese Weise in den Rhein springen! Alles, was ich Ihnen jetzt gesagt habe und was Sie heute abend erlebt haben, wird bis dahin aus Ihrem Erinnerungsvermögen gelöscht sein!» Hier hörte das Tonband auf. Herr Ackermann hatte das Aufnahmegerät mit seiner Handgelenkbewegung offensichtlich ausgeschaltet. – Wollte er damit beweisen, dass er keinen Augenblick lang hypnotisiert gewesen war? Alles Wesentliche hatte er ja auf dem Tonbande festgehalten!

Kommissar Max Affolter fuhr dann weiter, dass Marcel Ackermann im Verlaufe des gestrigen Abends ins Kantonsspital zu diesem besagten Arzt gegangen sei. Dieser habe ihm den «Spezialgipsverband» beidseitig aufgesägt, das eingearbeitete Minikassettengerät sorgfältig entfernt! Das sichergestellte Tonband habe der Arzt persönlich ihm überbracht. Der Arzt habe den aufgesägten Gipsverband Herrn Ackermann mit einer Bandage wieder provisorisch angeschnallt, damit er beim Verlassen des Spitals niemandem zu einem Verdacht Anlass geben konnte. – Marcel Ackermann sei daraufhin in Hochstimmung in sein jetziges Versteck untergetaucht. Wo er sich so lange verborgen zu halten gedenke, bis diese Hellseherin und Franz Streitwolf hinter Schloss und Riegel sässen. Den Pro-forma-Gipsverband habe er dort natürlich sofort entfernt. Dies berichtete Kommissar Affolter auf sehr sachliche Art. Er erwartete jetzt irgendeine Reaktion seiner Zuhörerschaft. – Polizeidirektor Harzenmoser war – wie es den Anschein hatte – begeistert vom ausserordentlich günstigen Verlaufe all dieser Dinge! Er gratulierte spontan mit den denkbar wärmsten

Worten – ganz im Gegensatz zu seiner sonstigen Gepflogenheit – Kommissar Max Affolter für sein geradezu meisterhaftes Vorgehen!
Dann fügte Polizeidirektor Harzenmoser hinzu, dass er die vorschnell angeordnete Verhaftung von Prof. Dr. med. Kaltenbach und Herrn Marcel Ackermann jetzt rückgängig zu machen versuche, wenn dies noch irgendwie möglich wäre. Sobald er die nötigen Anweisungen dazu an die entsprechenden Leute weitergegeben habe, komme er schnurstracks wieder zu ihnen hier zurück. Alle Vorkehrungen zur Verhaftung dieser gewissenlosen Mörder müssten jetzt sofort besprochen und dann unmittelbar eingeleitet werden! Schon nach ein paar Minuten war Polizeidirektor Harzenmoser wieder zurück bei seiner «Beresina»-Gruppe. Er hatte wieder einmal sein sprichwörtliches Glück gehabt! Die von ihm vorschnell angeordnete Verhaftung von Prof. Dr. med. Kaltenbach und auch von Marcel Ackermann konnte auf administrativem Wege, also ohne ernste Folge für die direkt Betroffenen rückgängig gemacht werden!
Polizeidirektor Harzenmoser nahm jetzt mit unglaublicher Virtuosität die Zügel persönlich in die Hand. Er war jetzt ganz in seinem Element als souveräner Basler Polizeidirektor.
Der jetzt hinter streng verschlossenen Türen ablaufende Planungsrapport der «Beresina»-Gruppe dauerte – sage und schreibe – fast drei Stunden! Polizeidirektor Harzenmoser verliess anschliessend als erster den von Kommissar Max Affolter mit Pfeifenrauch vernebelten Sitzungsraum. Ein triumphierendes Lächeln – fast wie dasjenige eines Unternehmensberaters – zeigte, dass er vom hundertprozentigen Erfolg seines ausgeheckten Planes zur Verhaftung dieses Mörderduos ganz überzeugt war. Für ihn war diese letzte Schlacht in diesem Kriminalfalle quasi schon jetzt siegreich geschlagen.
Es mochte gegen 19.30 Uhr desselben Tages sein, als Franz Streitwolf in bester Laune ein kleines, aber gediegenes Speiserestaurant in der Basler Innenstadt aufsuchte. – Fräulein Daniela Müller hatte ihn kurzfristig und ganz unerwartet für heute Abend zu einem Nachtessen eingeladen. Es könne sein, dass sie sich etwas verspäte, da sie vorher Dienst hätte und sich nachher zu Hause noch umziehen wolle! Sie freue sich von Herzen auf diesen vielversprechenden Abend mit ihm!

Herr Streitwolf wurde von einem Kellner an den hübsch gedeckten von Daniela Müller reservierten Tisch geführt. Er erwartete dort jeden Augenblick das Eintreffen seiner heutigen charmanten Gastgeberin. Mit gekonnt gelangweilter Miene studierte er die aufliegende Menükarte. Plötzlich kam ein Kellner auf seinen Tisch zugesteuert und fragte ganz höflich: «Sind Sie, mein Herr, vielleicht Herr Streitwolf? – Eine Dame möchte Sie am Telefon sprechen! Bitte, folgen Sie mir. Ich zeige Ihnen den Weg zu der Telefonkabine im Gange draussen.» Franz Streitwolf erhob sich.
Er war überzeugt, dass Daniela Müller ihn anrief und ihm sicher ausrichten wollte, dass sie leider etwas später als abgemacht kommen werde. Und so war es auch! – Daniela Müller versprach, dass sie in spätestens 20 Minuten bei ihm eintreffen werde. Sie könne es – vor freudiger Ungeduld – kaum mehr erwarten ihn wiederzusehen!
Noch ganz in diesen Telefonanruf vertieft, verliess Franz Streitwolf nichtsahnend die Telefonkabine. Ein knappes, messerscharfes: «Hände hoch, oder wir schiessen!» liess den plötzlich zu Tode erschrockenen Franz Streitwolf in die drohend auf ihn gerichteten Mündungen von drei Maschinenpistolen der Basler Polizei blicken. «Herr Streitwolf, Sie sind verhaftet. Sie stehen unter mehrfachem Mordverdacht!» hörte er die unbarmherzige Stimme schon aus weiter Ferne, bevor es ihm endgültig schwarz vor den Augen wurde und er ohnmächtig vor Schreck zusammenbrach. – Dem Bewusstlosen wurden ohne weiteres Federlesen sicherheitshalber Handschellen angelegt. Dann wurde er gründlichst auf eventuelle Waffen durchsucht! Erst nachher bemühten sich die die Verhaftung vornehmenden Beamten unter Paul Märkis Führung um den Bewusstseinszustand ihres Opfers! Sie riefen seinen Namen, gossen ihm Wasser über sein totenblasses Gesicht und tätschelten ein wenig seine Wangen. Sie mussten den immer wieder von neuem bewusstlos werdenden Franz Streitwolf auf einer Bahre zum draussen wartenden Polizeiauto tragen. Dann ging es per motorradeskortierter Blaulichtfahrt auf dem schnellsten Wege in den Lohnhof, wo Franz Streitwolf in einer einfachen Zelle den so hoffnungsvoll begonnenen Abend in Untersuchungshaft beschliessen musste.
Fast zur gleichen Zeit wie Franz Streitwolf wurde die Blumen-

verkäuferin unter der Leitung von Emil Klötzli ebenfalls verhaftet. – In einem von ihr aufgesuchten Restaurant hatte der Wirt ihr gesagt, dass im ersten Stock eine fröhliche Gesellschaft beim Festen sei. Diese Gäste würden ganz bestimmt ein paar so schöne Rosen kaufen wollen! – Als die Blumenfrau dann in die vom Wirt galant bereitgehaltene Liftkabine zur Fahrt in den oberen Stock einstieg, war ihr Schicksal schon besiegelt! Im ersten Stock angekommen, wurde die Lifttüre von aussen brutal aufgerissen. Ein «Hände hoch, Sie sind verhaftet!» im rüdesten Kasernentone polterte ihr entgegen und gab auch ihr den Rest! – Die völlig überrumpelte Blumenverkäuferin erhob ihre Arme mit voll ausgestreckten Fingern und liess den Blumenkorb mit den prachtvollen Rosen augenblicklich zu Boden fallen. Auch sie wurde sofort in Handschellen gelegt, von der anwesenden Polizeiassistentin Claudia Denner auf Waffen untersucht und dann per Polizeiwagen ebenfalls in den Lohnhof überführt! Dort wurde sie sofort in eine Einzelzelle in sicheren Gewahrsam gebracht. Die Blumenverkäuferin blieb dabei eiskalt!

Polizeidirektor Harzenmoser traf sich etwa eine Woche später im Spiegelhof mit der vollzähligen «Beresina»-Gruppe zu einem Schlussrapport. Fritz Bürgi und Hans Regenass waren auch dabei. Der Polizeidirektor war des Lobes voll für die mustergültige Arbeit, die von jedem einzelnen von ihnen hier zur Aufklärung dieses Kriminalfalles geleistet worden war. Besonders für Kommissar Max Affolter und die beiden «stillen» Mitarbeiter fand er sehr anerkennende Worte!

Im Verlaufe seiner weiteren Ausführungen kam er dann noch auf einige bis zur Verhaftung der Täter unbekannte Tatsachen zu sprechen. Diese, wie er es darstellte, bisher noch fehlenden Mosaiksteinchen wolle er jetzt noch an ihren Platz fügen, damit jedermann – mindestens in groben Zügen – sich ein Bild über die jetzt gelösten Mordfälle machen könne! «Meine Damen und Herren, wie Sie ja wissen, wurde Paul Glaser von Prof. Kaltenbach mit einer ersten Abklärung über den Tod seines Bruders beauftragt. – Wie uns Prof. Kaltenbach jetzt mitgeteilt hat, lag sein tiefster Grund für die Anordnung dieser Untersuchung darin, dass er sich in erster Linie eine Art Alibi für ein mögliches Verbrechen an seinem Bruder beschaffen wollte. Prof. Kaltenbach hat uns gegenüber zugegeben, dass er

mit seinem ermordeten Bruder seit Jahren nicht mehr verkehrte. Der Tod seines Bruders sei für ihn bezüglich der grossen in Aussicht stehenden Erbschaft ein Glücksfall gewesen! Da er aber gedacht habe, Neider aus seiner Umgebung könnten Verdacht schöpfen, dass etwas an diesem Ertrinkungstod in den Ferien nicht mit rechten Dingen zugegangen sei, habe er Paul Glaser mit ersten Aufklärungen beauftragt. – Er habe nie damit gerechnet, dass dieser pensionierte Detektiv überhaupt auf die Spur eines Verbrechens stossen würde!» Hier hielt Polizeidirektor Harzenmoser kurz inne, um die Wirkung seiner bisherigen Wort auf die Anwesenden zu registrieren. Er fuhr dann weiter, dass er annehme, dass alle Anwesenden in der Zwischenzeit erfahren hätten, dass Herr Ackermann, vom Momente an, wo er sich den Gipsverband habe entfernen lassen, bis zur Verhaftung von Franz Streitwolf und dieser Hellseherin, sich in der Affolterschen Wohnung verborgen gehalten habe. In der Zwischenzeit sei Marcel Ackermann wieder zu seiner Familie zurückgekehrt.
Polizeidirektor Harzenmoser kam dann auf die beiden hinter Schloss und Riegel gebrachten Verbrecher zu reden. – Der inhaftierte Unternehmensberater Franz Streitwolf sei ein völlig gebrochener Mann. Er sei um Jahre gealtert. – Die sich in Untersuchungshaft befindliche Hellseherin heisse in Wirklichkeit Luzia Streitwolf und sei die leibliche Schwester von Franz Streitwolf. Die beiden Geschwister hätten von frühester Kindheit an von ihren Eltern gelernt, dass auf dieser Welt alle Tage ein paar Dumme aufstehen würden und von diesen gelte es zu leben! Eine wahrhaft gemeine Lebensmaxime! Die beiden Geschwister seien von ihren in der Zwischenzeit längst verstorbenen Eltern zu grossartigen Hypnotiseuren ausgebildet worden. – Luzia Streitwolf habe unter falschem Namen vor ein paar Jahren eine Praxis als Hellseherin oder Geistheilerin eröffnet. Sie habe ihre Dienste darauf spezialisiert, nach jeweiliger telefonischer Vereinbarung individuelle Raucherentwöhnungskuren durchzuführen. – Sobald sie einen sogenannten «idealen» Kunden ausfindig gemacht habe, sei zu dessen Eliminierung auch die Hilfe ihres Bruders in Anspruch genommen worden. – Unter einem «idealen» Kunden hätten die beiden Geschwister Streitwolf einen anhangslosen jungen Mann verstanden, welcher leicht zu hypnotisieren war. Luzia habe dann mit ih-

rem bekannten Trick dafür gesorgt, dass dieser «ideale» Kunde die Ferienreise nach der Insel Mauritius gewann. Franz Streitwolf habe dann mit seinen sehr grossen posthypnotischen Kräften bewirkt, dass die jeweils im Gewinn miteingeschlossene Ferienversicherung bei Todesfall für den von ihm und seiner Schwester bestimmten Begünstigten abgeschlossen wurde! Dann habe er es – dank seiner brillanten posthypnotischen Kräfte – ebenfalls zustande gebracht, dass sich diese Gewinner während ihrer Ferien auf der Insel Mauritius dort selbst im Meere ertränkten. Er habe alle diese Opfer so hypnotisiert, dass sie sich einbildeten, sie könnten wie Fische im Wasser leben. – Auch seinen Mitarbeiter Bruno Kaltenbach habe er aus reiner Gewinnsucht auf diese Weise ertrinken lassen. Bruno Kaltenbach sei in den Augen von Franz Streitwolf einerseits trotz seiner Jugend als Unternehmensberater schon ausgebrannt gewesen, andererseits habe Franz Streitwolf erfahren, dass den zerstrittenen Brüdern Kaltenbach bald eine grosse Erbschaft zufallen würde. Dies habe Franz Streitwolf als idealen Zeitpunkt für seine schon lange geplante Aktion zur Eliminierung seines Mitarbeiters Bruno Kaltenbach gewertet. Er war überzeugt, so auf sichere Art in den Genuss der für seinen Mitarbeiter abgeschlossenen Versicherungssumme von drei Millionen Franken zu kommen. Diese Summe wurde ihm, wie wir ja wissen, auch für den Ausfall seines so hoch versicherten Mitarbeiters ausbezahlt.
Als Ort für alle diese manipulierten Ertrinkungstodesfälle hätten die raffinierten Geschwister Streitwolf die Insel Mauritius ausgewählt, weil ihnen bekannt gewesen sei, dass Marcel Akkermanns jüngere Zwillingsbrüder auf der doch relativ nahe gelegenen Insel Madagaskar lebten. Als ehemalige Fremdenlegionäre konnte man diese ja unschwer als gedungene Killer verdächtigen. Wie dies im bekannten, diktierten Geständnisbrief auch versucht wurde.
Franz Streitwolf habe ferner gestanden, dass Paul Glaser ihn aufgesucht habe, nachdem er offenbar von einem seiner Unternehmensberatungsangestellten von der Arbeitsausfalls- bzw. Todesfallversicherung Kenntnis bekommen habe. Paul Glaser habe sofort Verdacht geschöpft, dass Franz Streitwolf einen Mörder zur Beseitigung von Bruno Kaltenbach gedungen habe. Denn für Paul Glaser seien diese ausbezahlten drei

Millionen Franken dieser Versicherungssumme ein stichhaltiges Motiv gewesen. – Franz Streitwolf habe dann Paul Glaser aus dem Zuge gestürzt. Er habe diese Schirmattrappe ebenfalls bewusst aus dem Zuge geworfen. Denn er wollte, dass die Polizei Verdacht bezüglich eines geplanten Mordes schöpfe. Die Spur habe Franz Streitwolf gekonnt in Richtung auf Marcel Ackermann hin ausgelegt. Dieser habe ja auch die Ferientodesfallsversicherungssumme von 250 000 Franken kassiert.

Die SBB-Dienstmütze habe er über seine Schwester beschafft. Allerdings habe er diesen Hut erst am folgenden Tage – mit einigen Haaren von Marcel Ackermann präpariert – dermassen neben die Geleise gelegt, dass diese Mütze gefunden werden musste. Franz Streitwolf habe nie damit gerechnet, dass diese SBB-Dienstmütze von spielenden Kindern gefunden werden könnte. Die Odyssee dieser SBB-Dienstmütze sei ja allen hier bekannt.

Franz Streitwolf habe auch gestanden, dass er Paul Glaser aus dem Zugsabteil vor die mit der Schirmattrappe präparierte Wagentüre gelockt habe. Dort habe er ihm einen mit etwas Leim klebrig gemachten Uniformenknopf mit Faden in die Hand gedrückt. «Haben Sie etwa diesen Knopf verloren?» Als dann Paul Glaser diesen Knopf in seiner Hand näher betrachten wollte, habe er diesen unversehens rücklings gegen die entsicherte Wagentüre und somit aus dem Zuge gestossen. Bis hierher sei in Franz Streitwolfs Sinn alles programmgemäss verlaufen. Ganz unverständlicherweise für Franz Streitwolf seien die beiden andern Detektive, also Peter Bächle und Johann Hölzel ebenfalls – wie vorher schon Paul Glaser – auf seine Spur gestossen! Mit Hilfe seiner Schwester als Blumenverkäuferin habe er dann diese beiden in einen Hinterhalt gelockt. Dank seiner posthypnotischen Kräfte habe er schliesslich den als Duell getarnten Doppelselbstmord inszeniert.

Im Gegensatz zu ihrem alles gestehenden Bruder schweige seine Schwester Luzia zu allen Anschuldigungen hartnäckig. Sie gestehe überhaupt nichts, auch wenn man es ihr hundertprozentig beweisen könne. Zu ihrer raffinierten Umkleidetaktik sowie zu dem mit Leichtigkeit in eine Tragtasche verwandelbaren Blumenkorb nehme sie überhaupt nicht Stellung! Nur einmal habe sie sich dahingehend geäussert, dass sie es unsäglich bedaure, dass sie ihren so geschwätzigen Bruder nicht vor

ein paar Monaten, also noch rechtzeitig, umgebracht habe. Aber so ein Schwächling würde in der Gefangenschaft am eigenen Gift, das er nicht mehr versprühen könne, bald qualvoll zugrunde gehen!
Polizeidirektor Harzenmoser kam langsam zum Schlusse seiner Ausführungen. Quasi als Dessert für die heutige Präsentation hatte er das Ergebnis der drei inzwischen profimässig durchgeführten Haus- oder Wohungsdurchsuchungen aufgespart. Die Anwesenden erfuhren so, dass einzig in der Wohnung von Franz Streitwolf grössere Geldbeträge gefunden werden konnten. Franz Streitwolf hatte für mehr als zwei Millionen Franken kleine Goldbarren in den Rückwänden einer ganzen Reihe von luxuriös hergestellten Wandschaukästen für seine Käfer- und Schmetterlingssammlung verborgen.
Polizeidirektor Harzenmoser zeigte Dias von diesen prachtvollen Schaukästen, die den Geschwistern Streitwolf als heimlicher Tresor dienten. Für etwa die gleiche Summe wurden noch Bankbüchlein gefunden, die anteilsmässig etwa gleichmässig auf die Namen Luzia oder Franz Streitwolf lauteten. – Damit schloss Polizeidirektor Harzenmoser seine Ausführungen zum jetzt glücklicherweise gelösten Kriminalfall «Streitwolf» vor der zum letztenmal zusammengekommenen «Beresina»-Gruppe.
Noch am selben Abend ging Kommissar Max Affolter ganz alleine kurz in der Stadt spazieren. Auf seinem Wege zum St. Jakobsdenkmal liess er sich alle diese schrecklichen Ereignisse nochmals revueartig durch den Kopf gehen. Er konnte zufrieden sein, wie sich alles gelöst hatte. Die Wahrheit kommt eben immer einmal zu Tage! Dies stimme wohl auch, sinnierte Kommissar Max Affolter, für den von Franz Streitwolf Herrn Marcel Ackermann diktierten Schlusssatz in diesem Geständnisbrief an den Polizeidirektor: «Garden ergeben sich nicht, sie sterben!»